連同我的愛一起獻給瑪莉安、喬和艾文

「我原本要書寫死亡，只是生命一如往常般闖了進來。」

維吉尼亞・吳爾芙的日記，一九二二年二月十七日

玫瑰送來的道別

克萊兒 · 佛妮絲－著
陸篠華－譯

【導讀】周惠玲（兒童文學研究者）

愛不需要裝乖

首先，誠摯建議所有翻開這部小說的讀者，千萬要撐過第一章，至少得堅持過第一章後半部，然後你會發現這部小說其實很好看，而且閱讀過程是一段很有趣的歷險記。

怎麼說呢，你的腦袋開始分裂成兩半或者三半、四半：一部分的你很想跳進書裡，把女主角珠兒抓過來痛罵一頓；但另外有部分的你又為她感到心痛；第三部分的你忙著分析她是否真的見鬼了；哦，剩下部分的你則嘴角微微上揚，看著她半推半就的展開一段純純的戀情。

如果你覺得以上導讀怪怪的，怎麼光描繪閱讀感受沒介紹具體的故事情節？沒關係，等看了第一章你就明白我這是呼應小說的筆調，主打內心戲啊。

這整部小說分成十二章，或者說十二個月，採第一人稱（珠兒），敘述這一整年發生的事：十六歲的珠兒和懷孕的母親、繼父剛搬進倫敦南區的一棟破舊屋舍。這是她那位美麗任性的母親堅持買下的，但還來不及打造成夢想家園，母親就因為妊娠毒血症猝逝，只保住了早產的女嬰。小說開場是母親的喪禮，珠兒以憤怒而壓抑的口吻敘述了她對一切的感受，就像「冰晶在血管內凝結」，直到她母親的鬼魂出現……

小說第一章細膩的描繪珠兒內在情緒，寒透心骨又激烈如暴風雪，這些情緒將她與外界隔絕，讓她對外界冷漠，連自己的人生也完全放棄。她仇恨這世界，尤其是剛出生的妹妹——那是害死母親的罪魁禍首，是偷走她原本幸福人生的鼠輩，所以她用「老鼠」稱呼妹妹。這本書的英文原名The Year of The Rat，隱含的意思就是「我被一隻卑鄙老鼠偷走人生之後的一年」。附帶說，也可以反過來解讀。

兒童文學中以喪母為主題討論青少年如何走出傷痛的作品其實相當多，可是像珠兒這樣的主角形象以前比較少見。在少年小說《想念五月》、《新生》，或繪本《親愛的》中，我們看見了悲傷卻乖巧懂事的主角，甚至在《想念五月》和《親愛的》中，小女主角還主動扛起家務，照顧失能的父親，積極的填補母親留下的缺洞和角色。這樣的主角形象似乎相當符合社會對於青少年的期待。儘管他們有傷痛、需要被療癒，但善體人意的好孩子才是主角該有的行為模式，對吧？

但珠兒並不符合這種形象，她更像是時下所謂的「中二」、「草莓族」。喪母之後，她怨恨妹妹奪走了母親的性命，怪罪繼父讓母親高齡懷孕。因此刻意用言語傷害繼父，即使看到繼父為了工作賺錢和照顧新生兒疲於奔命，她也不願意幫忙分攤家務，甚至還一度不負責任的把嬰兒單獨丟在家。她完全陷溺在自己冰冷而痛苦的世界中，不願走出來。即使周遭人包括繼父、祖母、好友莫莉、師長、鄰居，以無比的耐心與體諒對待她，她也不領情，只任性的用憤怒、猜疑、怨恨與冷漠，將全世界阻隔在外。小說中她將手機丟入水池，就是一個強烈的宣告。

她拒絕和外界對話，既不關心別人死活，也不想被關心，連對自己的未來也完全放棄。所以她不斷翹課，即使檢定考試成績不錯，卻又故意激怒校長來毀掉自己的就學機會。接下去她如果用更激烈的手段自我毀滅，也不會令人太驚訝，故事最後珠兒一度想讓自己淹沒在大海裡，只是沒真的去做。

珠兒完全不是傳統兒童文學裡的主角形象，但正因為如此，更顯出這個角色真實感、有血肉，更符合當代青少年的行為與思維模式，讓我們看到了一個敏感、自我、心靈受傷的青少年的無聲悲鳴。

然而，這樣的青少年最後要如何得到救贖呢？

在開頭的灰暗與沉鬱之後，作者從第一章後半段開始加快敘事節奏，並添加不少明亮溫馨的人際互動，語調也輕快起來，甚至些許冷幽默。雖然珠兒拒絕了繼父、好友、祖母的關愛，但陌生的鄰居老奶奶和公園裡的陌生人卻讓她感到自在。這些人不會要她吐露難以告人的心情，只是單純的陪伴。

母親的鬼魂是另一個她願意（渴望）陪伴的對象。珠兒與母親鬼魂的互動是整部小說的亮點之一。小說讀者應該會很好奇，母親鬼魂究竟是真的存在？珠兒的幻想？還是因為創傷後壓力症候群導致幻覺幻聽？作者處理得非常高明，始終維持懸疑。但我們可以注意到，珠兒是真的相信鬼魂的存在，而且她會害怕讓母親鬼魂發現她做的「壞事」，可以說母親鬼魂相當程度扮演了珠兒的「自我」（ego）角色，約制她的「本我」（id），調節與外界的互動。

但愛與安全感仍然是最重要的因素。珠兒之所以對繼父和好友莫莉表現得如此冷漠與刻薄，其實是因為妒忌和沒有安全感所致。在失去了摯愛的母親之後，她懷疑繼父有了親生女就不再愛她了，而莫莉有了男友之後也是。儘管兩人仍然關心她，但她卻會把他們的細微言行放大猜疑或錯誤解讀，並搶先拒絕他們、傷害他們，以至於關係越來越惡劣。最後她覺得不被愛、不被需要，於是決定去尋找親生父親。

結果會如何呢？就讓翻開書的你自己去發現吧。

三月

隨著雨刷來回擺動，透過滿是雨水的擋風玻璃看出去，亮著紅燈的交通號誌模糊，清晰，又再模糊。號誌燈底下，我們前方，是那部靈車。我盡量不去看它。

我的兩隻手好像不屬於我一樣，不安的動來動去，一下扯扯袖子上鬆脫的線頭，一下把裙子往下拉拉，好讓腿部多蓋住一點。我幹麼要穿這件呢？對參加告別式來說，這實在是太短了。四周的寂靜讓我恐慌了起來，但我想不出有什麼話可說。

我偷偷斜瞟了爸爸一眼，他的臉空白而靜止，好像一張面具。他在想什麼呢？和媽媽有關嗎？也許他只是努力想找些什麼來說，跟我一樣。

「你該繫上安全帶。」我最後說，聲音太大了點。

他嚇了一跳，吃驚的看著我，好像完全忘了我的存在。

「什麼？」

我覺得自己很蠢，好像打斷了什麼重要的事。

「你的安全帶。」我臉頰發燙，咕噥著說。

「喔，對。」然後，「多謝。」

但我知道他沒有真的聽進去。他好像在聆聽另一段對話，我聽不見的。他並沒有繫上安全帶。

我們就像兩尊雕像，並肩坐在汽車後座，灰慘而冰冷。

快要到了，車子靠邊停在教堂外面。他把一隻手放在我手臂上，看著我的眼睛。他蒼白的臉上有許多皺紋。

「珠兒，你還好嗎？」

我回看著他。他能做的最多就真的只是這樣了嗎？

「是啊。」我最後說。

然後我就下了車，自己一個人走進教堂。

＊　＊　＊

我一直以為，如果有什麼可怕的事情即將發生的時候，不知怎的我們總會知道的。

我以為就像在暴風雨之前空氣會變得潮溼滯重，我們就知道該躲在一個安全的地方等它過去。

但結果完全不是這樣。既沒有像在電影裡那樣響起嚇人的背景音樂，也沒有警告標誌，甚至連一隻孤獨的喜鵲都沒有。媽媽常說，一隻代表傷心；快，找找另一隻。（譯注：英國童謠中，看見不同的喜鵲數目代表不同的意義。一隻代表傷心，兩隻代表開心。）

我最後一次見到她是在廚房裡。她隆起的巨大肚子上繫著一條圍裙，置身在一堆蛋糕烤盤、攪拌缽，以及一袋袋麵粉和糖之間。要是她沒有對著那臺向她噴煙的老舊烤爐飆髒話的話，看起來還滿像一個優雅的家務女神的。

「媽？」我小心翼翼的說，「你在做什麼？」

「跳探戈。」她衝我揮舞著一把刮刀吼道，「水上芭蕾。敲鐘。珠兒，我看起來像在做什麼？」

「只是問一下而已，」我說，「你別發火啊。」

這真不是明智之舉。媽媽看起來的確快要火山爆發了。

「我在烤個該死的蛋糕。」

只是她沒說「該死」。

「但你不是不能烹調的嗎？」我就事論事的指出。

她瞪了我一眼，那眼神足以把油漆從牆壁上刮下來，要不是它早在一百年前就已經剝落的話。

「這爐子簡直被鬼附身了。」

「這可不是我的錯，是不是？是你自己堅持要搬進這間快倒塌的破房子的，裡面沒有一樣東西能用。我們舊家原本有一個非常棒的爐子，和一個不會漏水的屋頂，還有真的會發熱而不只是匡噹亂響的暖氣。」

「好啦，好啦，你的意思表達得十分清楚了。」她檢視著手掌邊緣一道刺眼的紅痕。

「也許應該放在水龍頭底下沖一沖。」

「是喔，」她惡聲惡氣的說，「謝謝你專業的醫學意見。」

但她還是舉步挪向了水槽，一路還在低聲咒罵著。

「懷孕的女人不都應該平靜安詳的嗎？」我說，「因為內在的喜悅而容光煥發什麼的？」

「不，」她把手放在冷水底下時，齜了一下牙，「她們應該是又肥胖又容易情緒不穩。」

「喔。」我強忍住笑意，一方面是因為我為她感到遺憾，一方面是因為我不太確定要是不這麼做的話，她那把刮刀會飛向哪裡。

走道裡傳來噗嗤一聲悶笑。

「笑什麼笑！」媽媽對著廚房門口大吼。爸爸的頭從門後面冒了出來。

「笑？」他眼睛睜得大大的，一臉無辜，「沒有啊，我沒笑。我只是來恭喜你把不穩定的情緒控制得如此出色。」

媽媽瞪了他一眼。

「只不過就我記憶所及，」他躲得遠遠的說，「你在懷孕前對這件事是很擅長的。」

一時之間，我以為她會把平底鍋朝他扔過去。但她沒有。她只是站在這個到處丟著蛋殼、抹著可可粉的殘破廚房中間一直笑，一直笑，笑到淚水從臉上嘩嘩流下，而我們沒有一個人知道她到底是在哭還是在笑。爸爸走過去牽起她的手。

「坐一下吧，」他把她帶到椅子旁，「我來幫你泡杯茶。你不該那麼激動的。」

「該死的荷爾蒙。」她擦著眼睛說。

自我的體內。我想像著冰晶在我血管內凝結。四周有人在哭，但我什麼感覺都沒有，只有寒冷。

這一切都不對。媽媽一定會恨死這些莊嚴肅穆的音樂和牧師低沉單調的聲音。我沒去注意聽，我還在努力弄明白自己是怎麼來到這裡的：這世界一個天翻地覆，就讓我一跤從安穩舒適的生活中跌進了這裡，這個冰冷而陌生的地方。

終於快結束了。大家都在唱最後那首沉悶的聖詩，但我無法加入。我只是站在那裡，咬緊牙關，納悶著自己為什麼還不哭。一陣恐慌從體內升起。我為什麼哭不出來？人們會注意到，然後認為我毫不在乎嗎？我把頭髮從耳朵後面放下來，讓它像長長的黑色簾幕般垂在臉頰周圍。棺木通過了，通體閃亮的黃銅，還有百合花，氣味甜美而濃烈。為什麼要百合花？看起來拘謹又正式。媽媽喜歡樹籬中雜生的粉紅和黃色的忍冬、路邊閃著霓虹光彩的罌粟這種隨處亂長的花。

突然間我知道她在這裡。我知道只要我一回頭，就會看見她一個人在最後一排長椅中間，她會揮揮手，給我一個大大的笑臉和一個飛吻，就像我五歲在幼稚園的聖誕節表演時那樣。我心臟狂跳，頭暈目眩，雙手顫抖。

我轉過身去。

我看見一排排身穿黑衣的人們。我踮起腳尖往他們後面看去。莫莉跟她媽媽在那裡，紅著眼睛。她見到我在看，給了我一個悲傷的微笑。我沒有回應。

最後一排長椅上空蕩蕩的。

＊　＊　＊

外面雨已經停了，我站在那裡呼吸著潮溼新鮮的空氣。爸爸被一群黑衣人包圍著，而我則盡量不讓自己被他們注意到。一個高大的女人戴著一頂像死烏鴉的帽子，正在告訴爸爸她有多遺憾。不過他並沒有在聽。我看見他的手悄悄的挪向口袋去拿手機。我知道他是想打電話去醫院查詢寶寶的狀況。當他沒有跟寶寶在一起的時候——這種情況少之又少——幾乎每個鐘頭都要打一通電話。我看得出來，要是他沒打的話，會很恐慌怕有什麼事發生。即使現在，當他應該全心全意想著媽媽的時候也一樣。

這群人一路走下山時，我拖拖拉拉的走在最後面，離那些戴帽子的女士和她們的同情慰問遠遠的，也延宕了這段走向墓園的沉默旅程。當我走到那部閃亮的黑色殯儀車前面時，爸爸已經在裡面等我了。透過車窗看進去，我看不太清楚深色玻璃後面的他，只看見他的影子鑲在我自己的倒影中。我的臉被拉得又長又窄，貼近玻璃的眼睛則顯得十分巨大。眼睛是我唯一像媽媽的地方。我一直想要她的頭髮。她總說，你知道為了這一頭紅髮，我在學校受到多少嘲笑嗎？但我的確遺傳到她的眼睛：綠色，有著黑色的睫毛。一時之間，彷彿是她透過車窗在看著我。

「我得回去一下，」我說，「忘了拿傘。」爸爸聽不見我說的話，但他沒有打開車窗，只是對我說了些什麼。我隱約看見他的嘴脣在玻璃的另一邊無聲的蠕動。一時之間，我們就這樣無可奈何的盯著彼此。他索性待在世界的另一邊還好些。

我和爸爸一直很親近。我最恨別人管他叫我繼父。打從我有記憶以來，他就一直是我爸爸。我以前不覺得這件事會受到任何事情的改變。

我能夠準確的指出事情發生的那一刻。我們正站在嬰兒保溫箱旁。當時媽媽剛過世兩小時。

「看看她。」他輕輕的說。我不知道他是跟自己還是跟我說話。我的手在顫抖，感覺噁心想吐，但即使我萬般不想，還是勉強自己看了她一眼。

在我心裡依舊看得見尿布廣告中那個一頭金髮、臉上有著酒窩的寶寶。那是媽媽第一次告訴我她懷孕時我所想像的寶寶，也是我和莫莉為他挑選小衣小鞋、還有帶著泰迪熊耳朵的毛茸茸嬰兒睡袍的那個寶寶。

然後我看見了她。那一剎那，我能想到的只有我五歲時，我們的貓咪煤灰生小貓的事。當時我興奮了好幾個星期。我告訴學校裡每一個人，媽媽也給了我一本關於怎麼照顧小貓的書。每天晚上睡覺前，我都要看看那些毛茸茸、大眼睛的小貓咪照片。然後有一天，媽媽把我帶到後面房間裡，指著梳妝臺底下一個打開的抽屜。那裡面有一些滿身皺紋的粉紅色小老鼠，盲目的蠕動著。我驚恐的看著媽媽，以為這裡頭一定出了什麼可怕的錯；但她只是不解的面帶微笑站在那裡，而我哭著跑出房間，因為我厭惡牠們。

我低頭看著那一大堆管子，那像紙一樣薄、布滿紫色血管的皮膚，那個躺在保溫箱裡瘦骨如柴的外星生物。我知道我不是因為震驚而顫抖。是悲傷，是憎恨，那麼巨大、黑暗而恐怖。我覺得自己快要倒下來了，急需扶住什麼東西，我好害怕，我轉向爸爸求助——

而他正彎腰看著她，那個老鼠般的嬰兒，那個害死媽媽的罪魁禍首。他所有注意力都集中在她身上，好像她是這世上的唯一。

而我只想傷害他。「你愛她勝過愛我，是不是？」我脫口而出的聲音清晰而冰冷，「因為——」我強迫自己說出來，「因為她是你的孩子，而我不是。」

成功了。他退縮了一下，好像我揍了他一拳。

「你怎麼能這麼想？」他眼睛瞪得大大的，裡面滿是驚恐。他抓住我的手臂。「你是我的女兒。你知道我永遠不可能愛別人勝過愛你。」

他說得沒錯。我之前一直都知道的，有沒有血緣關係根本沒差，可是現在……

我掙脫了他的手，轉身背向他。他此刻的淚水又算得了什麼呢？

他愛她。

＊　＊　＊

幾小時後，我們穿過熟悉又不真實的倫敦街道，從醫院開車回家。天已經亮了，家家戶戶窗簾低垂，這是一個寂靜的星期天早晨。天空清朗湛藍，結了霜的屋頂在冷冷的蒼白陽光中閃閃發亮。

爸爸打開大門，門後是我們的生活，就像博物館裡的展覽，保存完好，有著幾百年的歷史。

我直接走向廚房，盡量去忽視媽媽丟在走道地板上的拖鞋，還有冰箱上那張去年夏天我們在威爾斯拍的照片。

廚房桌子的正中央擺著那個巧克力蛋糕。

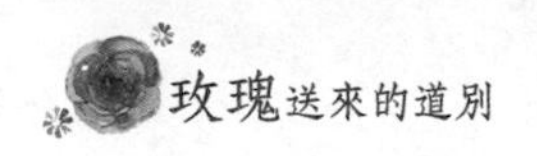

我們茫然的瞪著它。它怎麼可能還在這裡？完美的圓形，美味可口；她篩的麵粉，她打的蛋。

彷彿有什麼東西在爸爸體內崩潰了。我看得出來：它突如其來，但是以慢動作在進行，像雪崩一般，無法阻擋。他發出一聲奇怪的聲響——是嗚咽還是吶喊，恐懼而憤怒。然後他拿起蛋糕就往牆上砸去。黏稠的深色團塊飛濺開來，然後緩緩的順著牆壁往下滑落。

看著這砸爛的一片狼藉，我體內的什麼東西也隨之破碎了。

「這是她做的！她為我們做的！」我在尖叫，但聽起來不像我的聲音。我衝向爸爸，用力朝他胸口推去。他往後踉蹌了幾步，眼睛驚訝得睜得大大的。然後我跑出了廚房。

一瞬間，腦海中冒出一個連我自己都害怕的念頭：我希望死的人是他。

＊　＊　＊

回到教堂裡，我沿著走道走向剛才坐著的地方。此刻這裡整個空蕩蕩的，顯得特別巨大。我跪下來撿起我的傘放進背包，一時之間，我感到沉重而疲累得再也站不起來。

這裡感覺很舒服，這份寂靜也不像在車裡那麼讓人窒息，只是很安詳。我低下頭閉起眼睛。我不是要禱告什麼的，只是在感受壓在眼瞼上的黑暗。我不想回到外面，不想跟爸爸一起坐上車，去到墓園，跟大家一起吃乾硬的三明治，就像在帕姆婆婆的告別式上一樣。我沒辦法。我只想閉上眼睛跪在這裡。

但是爸爸在外面等我。

我掙扎著站起來，轉身要走。

她在那裡。一個人孤零零的坐在最後一排長椅中間。

她定定的看著我，有那麼片刻，我捕捉到她臉上有種表情，是我以前不曾見過的：一種極度的狂喜與渴望。但是當我們目光相遇的時候，它就消失了。她笑著站了起來，向我伸出雙臂。

我動彈不得。我不敢。任何一個突然的動作，她就可能像鳥一樣飛走了，或者是消失在陰影裡。我幾乎連呼吸都不敢。

「沒事的，」她說。儘管她臉上帶著笑，但聲音裡似乎有種難言之隱。「不過是我而已。」

我終於慢慢的走向她，腳步聲輕輕的迴盪在安靜的教堂裡。我走到最後一排長椅，

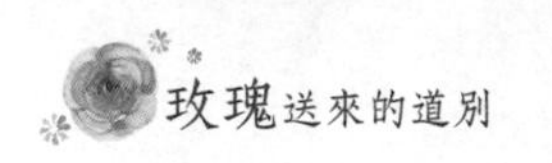

站在她面前，盯著她，將她所有的細微之處看進眼裡：她用一個夾子胡亂盤在頭上的紅色鬈髮、她綠色眼睛裡的琥珀色斑紋、她那雙舊高筒帆布球鞋上磨損的鞋帶。

「你在這裡做什麼？」我悄聲的說。

她沉默了一會兒，然後笑了起來，笑聲回響在教堂中，直上穹頂，快樂的音符填滿了四周冰冷的空間。

「這是我的告別式啊，珠兒，我當然在這裡。」

我的頭開始暈眩了。我扶住長椅穩住自己。媽媽在這裡。我可以看見她。

「但你不是……」

我說不出那個字。

「死了？」她做了一個滑稽的怪臉，「嗯，是沒錯。這就是參加自己告別式的缺點。」

我憤怒的瞪著她。

「你別拿這個開玩笑，」我吼道，「不許你這樣！」

我的怒氣縈繞在我們上方黑暗的空洞中。

她沒說什麼，只是伸手捧住我的臉，默默的看著我，直到她的手指被我的淚水浸溼。她把我拉過去，緊緊的擁抱著我，親吻著我的頭髮。

我無法言語。從我體內深處泛起了巨大的抽噎，撼動了我全身。即使在淚水停住了之後，我還是把臉埋在她身上。我知道這不可能是真的，但我不在乎。反正她不知怎的就在這裡了。我深深呼吸著她身上溫暖熟悉的氣味。

「怎麼會這樣？」我試著說，但她沒有回答。我沒有再問。也許問了就打破這個魔咒了。反正我也不想知道。我一定是瘋了。或者是在做夢，要是太努力思索就會醒過來。

我不在乎。無所謂。她在這裡就好。

我突然把她推開。

「你為什麼沒去產檢？他們說如果你去的話，他們就會知道有什麼不對勁，他們會做檢查。你為什麼不告訴別人你不舒服？」

她不耐的聳聳肩。「拜託，我只是頭痛而已，哪曉得會那麼嚴重。」

我看著她，更多淚水滑下臉龐。「你連再見都沒說。」

「我知道。」她輕輕的說。我突然間害怕了起來。

「這就是你在這裡的原因？來說再見的？」

她沒說什麼，只是微微笑了一下，但那笑容讓她看起來好悲傷。她洩氣的坐了下來。

「喔，珠兒，對不起。真他媽的一團混亂。」

「媽！」

「幹麼？」

「我們在教堂裡欸。」

「對了，講到這個，」媽媽說，「到底是誰的主意，給我這一整套該死的安息彌撒？進行了好幾個鐘頭。弄到最後，我敢打賭每個人都希望躺在棺材裡的是自己。」

「這，其實是奶奶建議的……」

媽媽翻了個白眼。「喔，」她說，「好吧。我就知道。還是一樣愛管閒事。你知道她就是這樣。」

我聳聳肩。我從很小的時候就沒再見到奶奶了，甚至不太記得她。媽媽跟她處得不好。爸爸常會趁媽媽不在家的時候打電話給她，媽媽也假裝不知道他們有聯絡。「爸爸說她真的很難過……」

「哦，她有嗎？我注意到她根本沒有費心出現，大概是有更重要的事吧。是她的一堂皮拉提斯課？每週一次的修指甲？還是我的喪禮不值得從蘇格蘭買張火車票過來？」

我訝異的瞪著她。她都已經死了，還在這裡攻擊奶奶。

「媽……」她接下來要嚷嚷的話我已經聽過一百萬遍了，但沒什麼阻止得了她。

「她從來就不喜歡我，珠兒，從來就不認為我配得上她的寶貝兒子。討厭的單親媽媽出現了，還帶著一個滿臉鼻涕、哭哭啼啼的嬰兒——」

「不好意思，你在說的是我喔。」

「偷走了她親愛的小男孩。我們在說話的這會兒，她說不定正在開香檳呢。」

「事實上，是爸爸跟她說，考慮到過去發生的那些事，他認為她還是不要來比較好。他說不確定你希不希望她參加。不過她有送花。」

「喔，好吧。」媽媽看起來滿吃驚的，她又坐了下來，一時不確定該說什麼好。

「總之，你不能只怪奶奶，爸爸也同意這樣最好。我是說在教堂舉行。我告訴他你不會喜歡的，但他說以防萬一。你知道，反正也無傷嘛，對不對？」我看著她，突然間不確定起來。「還是有傷？」

媽媽嘆了一口氣。「教堂裡總是冷到爆。」她打了個哆嗦，心不在焉的把手伸進口袋裡拿出一包香菸。

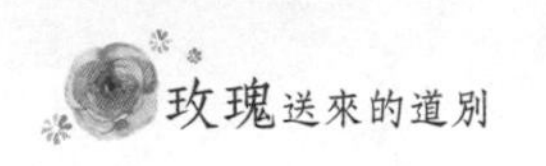

「媽！」

「怎樣？喔，對，教堂。」她聳聳肩，「這可是我的告別式啊。」

這個玩笑讓她得意的笑了起來。她充滿希望的望著我，看我有沒有也跟著笑。我沒有。

「你已經戒了，記得嗎？」

她看了我一眼。

「珠兒，你就放我一馬吧。死掉的少數幾個好處之一就是，你終於可以不用再戒什麼東西了。」

而且當然，她也不再懷孕了。我把這個念頭推開。我不要去想到那個老鼠，絕對不要談起她。我要媽媽是我自己一個人的。

她長長的吸了一口菸，然後吐出一個煙圈。我們一起看著它往上飄升，擴大，越變越淡，終於不見。

她怎麼會在這裡？這個問題依舊在我腦海中縈繞不去；但有更重要的事我必須知道。

「你能待多久？」我輕輕的問，不敢太大聲。

她正要開口，教堂門突然砰的一聲打開了，發出很大的回音。那聲音讓我跳了起來，我一轉身看見了爸爸。

「快點，我們得走了，」他焦急的說，「不能讓大家等我們。」

我再轉身去看媽媽剛才站著的地方，但我知道她已經不見了。

「你到底在這裡幹麼啊？」爸爸問。

「什麼？」我茫然的瞪著他，幾乎沒聽見他在說什麼。她走了。我滿腦子只想著這件事。我還有好多事必須問她，而現在，也許再也見不到她了。

「你回來做什麼？」他的聲音很溫和。

「我忘了東西。」我強忍住淚水說。

「那找到了嗎？」

「嗯，」我跟著他走出教堂，「找到了。」

我跨過門口時，回頭看了一眼媽媽剛才待過的地方。

一道光線突然間穿過我上方的彩色玻璃窗照了進來，在石頭地板上投射出一塊彩虹的色彩。

太陽出來了。

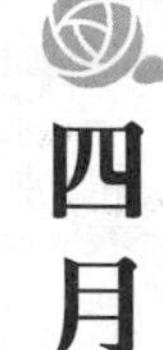

四月

「好，我要去醫院了。」爸爸喝完最後一口咖啡，匆匆忙忙拿著吐司就要走。「我下班後也會直接去醫院，所以要很晚才會回來。昨晚玫瑰顯然睡得不錯。」

他努力使自己的聲音輕鬆愉快，彷彿這樣就可以用「萬事OK」的假象來欺騙我們自己。但他的臉色蒼白，滿是皺紋。有時我夜裡醒來聽見他在悄悄的哭泣。我躺在黑暗中，感覺自己在偷聽；我希望能知道自己該怎麼做。我一旦聽見他在哭泣，就很難再睡著了。那些夜晚無休無止的延長下去，我睡又睡不著，醒也醒不透。有時我覺得天好像再也不會亮了，而我就自己一個人永遠卡在這不上不下的昏暗時刻裡。

「你確定不要跟我一起來嗎？」他每天往門口走時都要問同樣一句話，好像他努力不要這麼做，但在最後一刻還是忍不住。他希望聽起來像是無論如何他都不會在意。我無法正視他的臉，因為知道會跟他的聲音不一致；而且看見他如此希望我能關心老鼠，會讓我十分揪心。所以我不去看他，只兀自用調羹戳著碗裡泡得爛爛的玉米片。

「那個你要吃嗎？」他問。但他已經知道答案了。

「珠兒，你必須吃點東西，」他的聲音裡有種驅之不去的挫敗，「我已經有夠多事要煩心了，你別——」他停住了沒往下說，但他的話語懸在我們之間冰冷的空氣中。

「對不起，」他說，「親愛的，我真的很抱歉。我的意思只是……」

他尋找著恰當的方式好說完這句話，但他用不著麻煩，我知道他的意思。

「珠兒，」他懇求道，「看著我。」

但我沒看他，只是看著他背後油漆剝落的灰色廚房牆壁上塗著的四個小小的彩虹方塊。那是幾個月前剛搬進來時媽媽漆的，為了試那些小小的樣品油漆罐中不同的顏色。我們剛來看房子時，媽媽對重新裝修有著許多偉大的計畫，總是會從店裡帶回來很多窗簾壁紙的樣品。但就像往常一樣，過一陣子她就失去興趣了。搬家過程拖了很久，一連串的事情出了錯，媽媽在電話中對律師和辦貸款的人咆哮，所以等我們搬進去的時候，她的精力與熱情已經消耗殆盡了。隨著她懷孕月份日漸增加，她也只能眼淚汪汪又火大的面對那些骯髒的舊壁紙、喀答作響的漏風窗戶和漏水的屋頂。

我將睡袍裹緊了點。

「你不是要走了嗎？」我說。

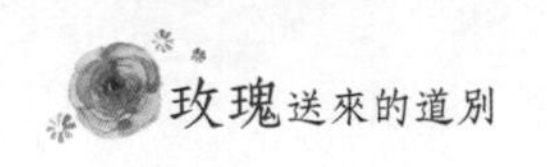

「好吧，」爸爸嘆了一口氣，疲累到沒力氣再勸說了。「那你就試著複習一下功課吧。我知道不容易，珠兒，但你下週就要回學校了，然後馬上就要考試了。」

我沒回答。我沒去學校已經快一個月了。媽媽的喪禮之後，緊接著就是復活節假期，從她去世之後我就沒去上學了。當我一個人躲在這裡的時候，所有的事情都停止了。一想到要再度回到真實的世界，要在沒有媽媽的情況下繼續生活，我就覺得厭惡。我太清楚在學校裡會怎樣了：大家都知道，都在看我，卻假裝沒在看，都在竊竊私語以為我聽不見，就像那時凱蒂•哈蒙的爸爸去坐牢，或大家剛發現柔伊•格林伍懷孕時一樣。一想到要回學校我就想吐。

「別擺出那種臉，」他說，「莫莉會照顧你的，不是嗎？」

莫莉一向照顧我。在此之前。

「晚上回家時，我會到超市去轉一下，」爸爸說，「帶點好吃的下午茶點，如果你不介意晚點吃的話。還是要我帶些外賣餐？」

我起身將玉米片糊倒進垃圾桶。「別麻煩了。」我說。

「我盡力想幫助你。」他疲憊的說。一時之間，我氣到幾乎無法呼吸，必須轉身背對他。我抓住水槽邊緣，看著窗外一片荒涼的灰綠色後院。

「你怎麼可能幫得上忙？誰又能夠幫得上忙？」這些話痛苦的卡在我的喉嚨裡。他比任何人都更應該明白，他一定明白，他說的是多麼空泛而無意義的一句話。

但是當我轉過身，他已經走了。

* * *

屋裡只剩我一個人了，我想要覺得開心，卻只感到渺小。一間又一間破舊昏暗的房間，整棟屋子的寂靜和空虛沉甸甸的向我壓下來。現在獨自一人了，我無法忽視胃裡那種揪緊噁心的感覺。我打開收音機，燒上開水，泡了一杯自己不喝的茶。我強迫自己沖個澡，仰臉迎向一束束溫熱的水柱。我套上昨天的衣服。但沒有一樣奏效。我試著不要，但我一直在等她。喪禮過後已經快三個星期了，她連一絲蹤影都沒有。沒有驚鴻一瞥或一聲低語，或任何跡象顯示她趁我沒注意的時候可能來過這裡。有時我會把落地門打開一些，抱著一絲希望她會把它關上。她一向討厭穿堂風。但爸爸會惱火。拜託喔，珠兒，你在搞什麼啊？不需要你的幫忙，這屋子就已經夠冷了。

有一天晚上，爸爸必須留在醫院，我在水槽底下的櫃子裡找到一瓶她的香水。我坐在床上，把它噴到空中，希望能把她變出來。我閉上眼睛，呼吸著她的香味，一時之

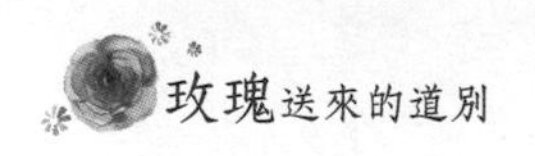

間，我以為她真的在這裡。我以為我睜開眼睛的時候，她就會站在那裡看著我，說：別浪費了，那東西貴得要命，我告訴你。但她不在，而那香味讓我心痛到幾乎無法呼吸，我必須再度閉上眼睛，不讓淚水決堤。所以我現在就遠遠的把它擺回水槽下的櫃子裡去了。

我甚至還回去過教堂。我想要是跪在同一個地方，低頭閉目，她就必定會回來。但教堂全上了鎖。一個包著頭巾的女人拿著一把鑰匙出現了，她說她是來為明天的一場婚禮布置花朵，問我要不要進去。我只是搖搖頭。我來這裡幹麼？真蠢。她當然不會在這裡。我到底在想什麼？但是當那個女人用一隻戴著羊毛手套的手推開大門時，我還是往裡面偷看了一眼，抱著一點希望能看見陰影中有什麼動靜，或有一絲透露蹤跡的香菸煙霧。我無法克制。不管我多少次告訴自己她不會回來了，或這都是我的想像，或我瘋了，我還是一直在等著她。

我走下樓梯，一路小心注意著不要絆到裸露出來的地毯釘子，這時突然聽見我臥室隔壁的小房間裡傳出一陣窸窸窣窣的聲音。我整個人僵住了。那房間是媽媽打算改造成自己書房的。一時之間，我動也不動的站著，掌心刺痛，側耳傾聽著一片寂靜。聲音又來了！我跑上樓梯，心臟狂跳。

「媽？」

我伸出手，不停的顫抖。但是當我推開門，裡面空蕩蕩的，只有媽媽的書桌、椅子和幾個搬家公司的紙箱，還沒打開，上面有媽媽的字跡潦草的寫著「史黛拉的書房」。

煤灰大聲打著呼嚕從一個箱子後面冒了出來。

「你喔。」我說。她慢慢踱過來，繞著我的腿磨蹭。儘管失望，我還是在椅子上坐下來，把貓咪抱在腿上。

我們搬過來已經四個多月了，但這裡還是感覺像別人的家。到處都是打包的紙箱；我們是聖誕節前幾週一個大冷天搬進來的，不耐煩的搬家工人把它們丟在那兒，它們就還在那兒。鍋碗瓢盆、棉被、鬧鐘等等的生活必需品都拿出來了。但媽媽說在房子裝修整理好之前，犯不著把每樣東西都拿出來。所以我們其餘的舊生活就安好的打包在箱子裡，眼不見為淨。家徒四壁的房子越發凸顯出它的破舊與令人沮喪。這整棟房子看起來就像上次裝修是在恐龍漫遊地球的年代。

「你也太誇張了，」去年夏末，我們第一次來看房子時我發表了上述意見，媽媽這麼回答，「它只是需要稍微整修一下而已。」

「還要再砸大約兩萬英鎊下去。」爸爸咕噥著說，「我們絕不可能……」

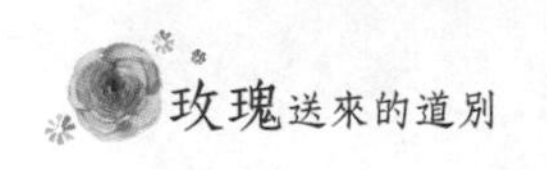

但媽媽只是笑著在他臉頰上親了一下，說：「你等著看吧。」我們走過一間又一間陰暗的房間，她用想像力將它們改造出繽紛的珠寶色彩的牆壁、天鵝絨的靠墊、光亮的地板、東方地毯、熊熊燃燒的柴火，還有煤灰溫暖的躺在火堆前夢見老鼠。

「夢見老鼠？」爸爸說，「我敢打賭這地方一定到處都是老鼠。」

但是房屋仲介帶著欽佩的眼神看著媽媽。「天哪，」他說，「你真該吃我這行飯的。我下次帶人看房子的時候，你要不要一起來？」

結果到最後，她唯一裝修完畢的房間是嬰兒房。她下定決心要讓它完美無瑕。她把地板打磨光滑，塗上清漆。她清乾淨滿是灰塵的油漆，將它塗成明亮的白色。她搖搖晃晃的站在梯子頂端撕除長霉的壁紙時，爸爸焦急的躲在門口。「讓我來吧。」他懇求道，但她不肯。屋裡傳來很多乒乒乓乓和咒罵的聲音，但她還是全部弄完了。她貼上了平滑的淺色襯紙，然後再刷上藍鈴花顏色的油漆。她掛上了風動小飾物和彩色小燈，甚至還用帕姆婆婆的老縫紉機自己做窗簾。

「我都不知道你還會縫紉！」我說。

「我當然會縫紉，」她回答，「以前在藝術學校的時候，我的衣服全部都是自己做的。」我瞪著她，驚訝得彷彿她突然間變得會在空中飄浮一樣。她只是笑著說：「我可是真人不露相喔，珠兒。」

那房間像是屬於另一棟房子，或者是在這棟房子的另一個平行宇宙中，在那裡，所有的事物都不一樣了。走進那裡，就像在《綠野仙蹤》裡一樣，所有東西都從黑白變成彩色。

也不是說我們現在就會進去。那扇門，漆成亮白色的門，一直是關著的。

我的手機響了，看都不用看就知道是莫莉。她每天都打電話、傳簡訊，問我怎麼樣，急著想跟我見面。但每次她打來，我就讓它一直響。我也不知道為什麼。我以為我會想見她。打從小時候我們一起上學開始，她就一直陪在我身邊。

我看著她的簡訊：明天可以見面嗎？希望一切安好。啾啾

她會想要談媽媽和寶寶。我不能告訴她看見媽媽的事，她會覺得我瘋了。我也知道她不會了解我對老鼠的感覺。莫莉喜歡小嬰兒。我們花了好多時間一起想名字，挑選嬰兒衣服……

我不想談；不想跟莫莉，不想跟任何人，只除了媽媽。但我知道如果我不回覆的話，她會很傷心。再說下個星期就要開學了，我總不能永遠躲在這裡。我打了個好，但我的大拇指在送出鍵上方猶豫了。也許還是以後再說吧。我把手機放回口袋裡。

煤灰用責備的眼神看了我一眼，從我腿上跳下去，然後跳上一個寫著「史黛拉的書房（私人物品）」的紙箱，窩進一個她自己弄出來的貓咪形狀的凹洞。私人物品。裡面有什麼呢？我很好奇。但想到那瓶香水和它給我的感覺，我知道我不能打開它。

我走向窗邊。以前住在這裡那對老夫婦留下來的淺灰色紗簾還掛在那裡。媽媽很討厭那紗簾，但我喜歡。透過紗簾，所有東西看起來都變得矇矓而柔和，沒有銳利的邊角。我把紗簾拉開一會兒，所有東西都清晰耀眼了起來：道路兩旁櫻桃樹上綻放著淺粉紅色的花朵，車窗上畫著塗鴉的公車呼嘯而過。隔壁的老太太出來了，在前院裡彎腰湊在花床上。我正看著她時，她直起了身子，臉上掠過一絲痛苦的表情。她也看見了窗邊的我，笑著朝我開心的揮了揮手中的剪刀。我將紗簾再度放下。

爸爸此刻應該在醫院裡。我想像著他匆匆穿過那些我記憶猶新的可怕綠色走廊，急著趕到她身旁。他每天在那裡做什麼？就只是坐在那裡盯著老鼠看？他會跟她說說話，告訴她一些事嗎？

「媽？」我最後再說一遍，「你在這裡嗎？」但我聽見的只有貓咪的呼嚕聲和馬路那頭一個汽車警報器突然響起。

＊　＊　＊

雨下得好大，我要搭公車去和莫莉碰面。我站在公車站等車時，真希望自己沒答應要去見她。也許我該傳個簡訊告訴她我不能去了。但這時公車靠邊停了下來，我前面那位老先生說：「親愛的，你先上吧。」一說完就推著我上了車，害我想跑都沒處跑。

我上車時車上還滿空的，但幾站之後就擁擠起來了，空氣潮溼而渾濁。一個非常胖大的女人提著大包小包在我旁邊坐了下來，我被擠得整個貼在窗子上。她溼漉漉的提袋靠在我腿上，把我的牛仔褲弄得又溼又冷。

我想起上一次跟莫莉碰面的情景，想起那天我們兩個跌跌撞撞的走出黑暗的電影院，走進陽光耀眼的下午。那不過是幾個星期前的事。「怪了」，我把手機打開時說，「我爸打了十五通電話給我。搞什麼啊？他知道我們要去看電影的……」

車窗整個起霧了，我感覺像在洞穴裡一樣，開始有點幽閉恐懼。我用手指在起霧的車窗上擦出一個清晰的小方塊，好看見外面煙雨濛濛的街道。診所、薯條店、加油站，所有的東西依舊，好像在我這一生中都沒改變，真是不可思議。

這條公車路線會經過我們舊家那條街的盡頭。街角有一個穿黃雨靴的小男孩牽著媽

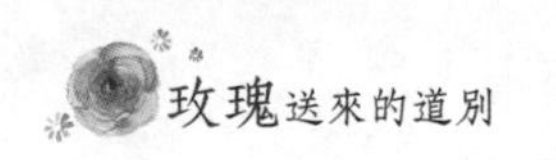

媽的手在跳水坑，我透過又要開始起霧的窗上小洞看著他們。這時，我突然看見一個背影，一個撐著傘的黑色身影轉進了舊家那條街。那是媽媽嗎？沒錯！她從我視線裡消失之前，我不是瞥見了一抹紅髮嗎？突然間我非常肯定那一定就是她。我知道是。

「我要下車！」我對胖女人脫口而出。我跳起來按了下車鈴，然後從她的大包小包上爬過去。她朝我嘖了一聲。

「小心點，」我衝向門口時，她說，「裡面有雞蛋欸。」

外面還下著傾盆大雨。我沒有帶傘。我還沒來得及跑過馬路，一輛車衝我按了喇叭。我整個溼透，但也無所謂。我轉過街角沿著馬路走去，透過雨幕，看見那個黑色的身影就在前方。我加緊了腳步。

「媽，」我大叫，但她在前面太遠了，沒聽見。我跑得上氣不接下氣，不過距離拉近了。「媽，是我。」我又叫道。那身影轉彎要過馬路——

——而我發現那是個男人，遠比媽媽高得多，也沒有紅髮。我怎麼會以為那是她呢？

我放慢腳步，調勻氣息，同時羞愧得全身發燙。我怎麼會那麼愚蠢？要是被人看見怎麼辦？他們一定以為我瘋了。更糟糕的是——我的胃開始翻騰了——他們說不定是對的。我在做什麼？我真的精神失常了嗎？在歷史和莎士比亞的作品中，人們老是因為悲傷而瘋狂。也許我現在就是這樣。

我看了看四周，發現自己正站在16號門口。它在一整排長得一模一樣的房子中間，但看起來不再像是我們家了。在我們搬走的這幾個月裡，他們把大門漆成了白色，還把小小的四方形前院用磚石鋪了起來。我們生活過的所有痕跡都不見了。

雨水將我的頭髮黏貼在頭上，然後又從我的睫毛、鼻頭上滴下來。我映照在凸窗上的倒影看著我自己：一個鬼一樣的女孩。有時在夜裡那種矇矓又不真實的時刻裡，我睡不著覺，會想：是不是那天在電影院外的冬日陽光下，當我聽見爸爸在我手機裡的留言，而所有事情都改變的那一刻，我就從真正的我分裂出來了。另一個我正跟著媽媽和原本應該是我完美可愛的小妹妹的人，一起過著快樂的生活；而我則跟老鼠被困在這裡，無法逃離。

窗戶上鬼魅般的女孩看著我，水不斷從她臉上淌下。我轉身緩緩的向大馬路走去。

＊　＊　＊

我到達安吉羅咖啡館時，莫莉已經在裡面了。她坐在靠窗的桌子旁，一邊焦急的用眼睛四下找我，一邊漫不經心的把金色長髮塞到耳後。透過雨水看去，她近乎光芒四射。她看見了我，瘋狂的揮著手。我的胃又翻騰起來，指甲戳進了掌心裡。我也希望見到她能很開心，但我卻只想轉身回家。

我走進店裡，她跳了起來，把一個番茄形狀的番茄醬瓶子撞得滾到地板那頭。她淚流滿面。

「喔，珠兒，」雖然我全身溼透，她還是抱著我不肯鬆手，「我真不敢相信。」她哽咽的說。我僵硬的站在那裡，看著她背後大馬路上川流不息的車輛。我不希望莫莉為媽媽而哭。她沒這個權利。

她終於放開了我，然後看著我。

「珠兒，我真的好難過。」

「我知道。」我坐下來，水滴在木紋塑膠桌子上。莫莉也坐了下來，握住我的手。

「看看你，都溼透了。我去看看他們能不能給你找條毛巾什麼的。」

她還沒來得及行動，一位侍者就滿臉堆笑、一個箭步衝了過來。侍者們總是會想讓莫莉留下好印象。事實上，所有的男性人口都會想讓莫莉留下好印象。倒不是她會注意這些。她以為他們只是好心，以為他們對所有人都是這樣，不會管那些人是否剛好身材高䠷、金髮並且極有魅力。媽媽一直怕我會因此而困擾。你也很漂亮，她說，只是……型不太一樣。但我並不覺得困擾。大家總以為莫莉只是長得漂亮而已。這就是為什麼我們始終都是最好的朋友，因為我一直都知道她不是那種人。

「有需要我效勞的地方嗎？」侍者滿懷希望的用一種東歐口音說，儘管櫃臺那邊一堆人等著點餐。

「別小題大作了，莫莉，我很好。」我說，一邊咬緊牙關不讓牙齒喀喀作響。

「你才不好，」她充滿關切的說，「你溼得都擰得出水了。看看你，你在發抖。」

「你要我拿條毛巾來嗎？沒問題。」侍者說。

「不要。」

但他根本沒在聽我說話，他整個被莫莉迷住了。

「可以麻煩你嗎？」她說，「多謝了。」

「我說不用了，」我太大聲了，咖啡館那頭一位男士從他那碟煎蛋培根加豆子上抬起頭來。我縮進溼衣服裡，盡量不要惹人注意。「一杯卡布奇諾就好，謝謝。」我咕噥著說。侍者勉強走開了，一路還在對莫莉傻笑，只是她太忙於對我大驚小怪，根本沒注意到他。

「我一直好擔心你。」她說。我想不出有什麼話可說。我還在想著那棟房子，那扇窗戶上的女孩，還有那個我以為是媽媽的身影。我當時非常肯定那就是她。

「告別式之後我本想等著跟你說說話的，但媽媽說我們應該直接離開。」莫莉繼續說，「我一直記掛著你。想到你必定會經歷的那些事，」她搖搖頭，「一定非常可怕。珠兒，我一直急著想跟你說話。」

「喔，對不起，」我冷冷的說，想到了她打來那麼多電話我都沒接，傳來那麼多簡訊我都沒理，只是自己一個人坐在家裡等著媽媽。「我一直滿忙的。」

她看著我，臉紅了起來。

「我知道……我的意思不是……」她困惑的結巴著，「我只是想看看有沒有什麼我能做的……」

水仍然不斷從我頭髮上滴下來，冰冷的從後頸流下去。

「你什麼都不能做。」我說。

她睜大了眼睛，困惑的看著我。

「我以為你會想要聊一聊。我知道我不能改變什麼，但說說你的感覺，也許會讓你舒服些。」

我們倆從小就無話不談，但現在我能說什麼？要是她知道我真正的感覺，她會怎麼說？我恨那個寶寶，死的應該是她。即便是善良、和氣又善解人意的莫莉，也會覺得有些難以接受吧。我在告別式上看見我媽了，現在我在等著她再一次回來。我想還是不要吧。

「我本想過去看你，但我不知道……」她話沒說完，眼睛裡又充滿了淚水。我移開了視線。我知道這樣做很無情，但我好像無法扼止自己。

「我真是不敢相信。」她又說了一遍。

微笑侍者端來了我們的咖啡。我用湯匙在卡布奇諾上拉花。

「小寶寶怎麼樣？」莫莉最後終於說。我的心臟咚的跳了一下。我就知道她終究會問的。

我聳聳肩。「我爸以為她會死。」我抓住一塊方糖浸在咖啡裡，然後看著咖啡色往上爬升直到快碰到我的手指。「不過她不會。」

「她當然不會。」莫莉抓住了一件她可以發揮正面能量的東西。「能夠存活到現在，她一定是個鬥士。她會一天天強壯起來的。」

方糖四分五裂掉進了咖啡裡。

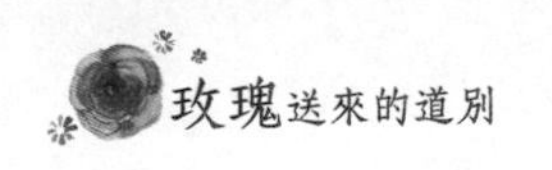

「她要在醫院裡待多久？」

「不知。幾個星期。也許幾個月。他們是這麼告訴我爸的。」

「她能活下來簡直是個奇蹟，是不是？」

我就知道不該來的。我很想站起來跑出去，遠離莫莉和那個潛伏在旁的侍者以及煎培根的氣味，然後跑進雨裡。但我今天已經做出夠多丟臉的事了。我看著窗外川流不息的車子。

「小時候媽媽常帶我來這裡，」我說，比較多是對自己而不是莫莉，「那時這家店是一個很老的義大利人在經營。我想就是安吉羅吧。他很有趣。」

媽媽常跟他練習義大利文。她老是說他瘋了才會搬來倫敦。她說有一天她和我和爸爸會逃到義大利去，我們會住在一間破破爛爛的鄉間別墅裡，她會有一間四周都是檸檬樹的藝術工作室，每天光吃橄欖和紅酒維生。我記得當時我擔心死了。那時我還太小，不知道大部分媽媽的偉大計畫都只是說說而已。我不想搬家，我也不喜歡橄欖或檸檬或紅酒。安吉羅會對我眨眨眼，說：「但你喜歡義式冰淇淋吧。不喜歡嗎？」

我感覺到莫莉看著我，不知道我在想什麼。「你還好吧？」她遲疑的說。

「她總是坐在靠窗的位置，跟我說看我能數幾輛紅色的車子。她說如果我能數到三十輛，她就買冰淇淋給我吃。」我差點笑了，「過了好多年我才明白，這樣她才能安安靜靜看本書。」

一陣沉默。

「珠兒，那天——」莫莉停頓了一下，從她臉上的表情，我知道她指的是哪一天。

「我們去看電影之後……」

「怎樣？」

「你接到你爸打來的電話之後……」

我又想起那天在電影院外明晃晃的陽光下，我聽著我的語音信箱，爸爸聲音裡的某種東西讓我倏然在人行道中間停下了腳步，以至於一個女人推著嬰兒車撞上了我的腳踝。我的腳瘀青了好幾天，但當時我幾乎完全沒注意到；我滿腦子只有爸爸的聲音，聽起來那麼的——不對勁。珠兒，媽媽在醫院，你盡快趕來。搭計程車。聽起來一點都不像他。時間緩慢了下來。熙來攘往的街上滿是週六下午逛街的人潮，帶著他們的小孩和狗和一罐罐可樂，而我一個人站在那裡，感覺完全孤立無援。

「你趕去見到她了嗎？」莫莉問。

我閉上眼睛回到那時，跑過那些綠色的醫院長廊，肺都快炸了……我再度張開眼睛

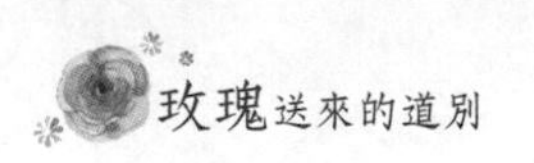

看著窗外的車子，但它們全是黑色、銀色和白色，沒有一輛紅色的。

「對，」我終於對莫莉說，「我見到了。」

「你有跟她說話嗎？」

「有。她抱了我一下，跟我說她愛我。」我感覺自己好像在聽另一個人講話。「然後她就像是睡著了，很安詳，甚至還在微笑。」

「噢，珠兒。」她的眼淚又湧了出來。

那個神魂顛倒的侍者往這邊看過來，也許希望能提供自己的肩膀讓她痛哭一場。

「我們買單好嗎？」我說。我突然覺得頭昏。我的胃空蕩蕩的，咖啡又讓我的腦袋嗡嗡作響。「我得走了。」

* * *

雨終於停了。我們尷尬的站在咖啡館外，兩個人都不知道該說什麼好。

「我要去跟拉維碰面，」莫莉說，「但如果你要的話，我可以先陪你走回家。」

「拉維？」我驚訝的說，「你該不會還在跟他交往吧？」就在媽媽去世之前，我跟莫莉一起去參加了一個派對，她就是在那裡認識他的。我以為她不會再跟他見面了。以莫莉的條件，她想選誰都可以。拉維看起來他的雄心壯志好像是成為英國有史以來最年輕的財政大臣。

「其實我們還在交往耶，」莫莉不好意思的說，「已經一個多月了，進展得還滿順利。」

「噢。」想到她沒有我，日子還是照樣過下去，感覺滿奇怪的。

「你不喜歡他，是吧？」莫莉說。

「也不是，」我說，「我跟他不熟，只在克蘿伊的派對上見過一面。他好像有點……」我努力要想出一個比較禮貌的說法來形容「呆板」。「……一本正經。」

「等你跟他熟一點之後就會喜歡他了，」莫莉說，「我知道一定會的。」

四周車聲隆隆，我們默默的一起走著。

「學校裡沒有你還真怪。」莫莉填上了空隙，「放假期間真是一場噩夢，我的家人簡直要把我搞瘋了。連恩整天大聲放音樂。傑克不停的吵著要養一隻蛇當寵物。卡勒姆不斷尿床。我爸我媽又互相不說話。我巴不得早點回學校。更棒的是你回來了。」她拉住我的手臂。

我從來沒聽見過莫莉的爸媽有真正對彼此說過什麼，除了像車鑰匙在哪？或我跟你說過晚上要晚回來，你自己不聽又不是我的錯之類的話。但莫莉看起來真的滿沮喪的。

「我真的好想你。」她說著，挽住了我。我在想她是不是期待我會說我也想她。一輛大卡車轟隆隆的駛過，將路邊水坑裡的水濺起老高向我們灑來，我們得閃到一旁避開。莫莉放開了我的手，我們並肩往前走。

「你每天都去看她嗎？」莫莉問，「那個小寶寶？」

「我爸會去看她。他不在工作的時候簡直就住在那裡了。我從來都見不到他。」

「你不一起去嗎？」

我聳聳肩。「我一直都在複習功課。」

「我也是。」她說，「但我家裡太吵了，大家一天到晚吵吵鬧鬧。等放溫書假的時候，我們應該一起去圖書館。」

我們默默的走了一會兒。

「也許哪天我可以跟你一起去看寶寶，」莫莉說，「我簡直等不及要看她了。」

我想像莫莉第一次見到老鼠的樣子，想像她的臉整個亮了起來，然後軟化成一個微笑，一邊對她低語——

「不行，」我說，「你不可以。」

莫莉看來很困惑。「我是說等她好起來的時候。」

「你送我到這裡就好，」我說，「我要搭公車。」

「你確定？」她看起來很失望，「我真的不介意跟你一起走。」

「車來了。」我遠遠看見有一輛公車，趁她還來不及多說什麼，我就衝過了馬路。我排在等車的隊伍裡，莫莉朝我揮揮手，然後轉身往反方向走去。公車終於停靠在路邊時，莫莉已經不見蹤影了。

我決定還是走路。

* * *

回到家時，太陽已經出來了。我走進屋裡脫掉溼漉漉的衣服，換上乾的，一路還在想著媽媽，想著我多麼肯定那就是她。我突然間恐慌了起來。她正在從我身邊溜走，每一分每一秒，都讓我離她更遠。要是哪天我一覺醒來再也想不起她長什麼樣怎麼辦？已經有些時候，我必須非常專注的想她說話時的聲音是什麼樣，才能在腦海中聽見。我必須把她留在我身邊。

我想起她書房裡那個紙箱。上面寫著私人物品。我匆匆走過去看著它。裡面是什麼東西呢？我把完全無動於衷的煤灰從箱子上趕開，然後深深吸一口氣，小心翼翼的把褐色的封箱膠帶撕開。

裡面是一些信件、卡片、照片和明信片，一束一束用繩子、緞帶或橡皮筋綁起來，有些擺在舊鞋盒裡，其他則零散的放著，怕不有好幾百件吧。我驚訝的看著它們，差點無法呼吸。這就好像媽媽一生的故事都在這個箱子裡了。我拿起一疊裝在信封裡的照片，逐一看過。照片全都混雜在一起，有些是媽媽小時候，有些又是十幾歲的時候，有一張是她和生病前的帕姆婆婆的合照。看著這些照片讓我想哭，但我還是繼續看下去。

最後一張是媽媽躺在醫院病床上，看起來年輕而筋疲力盡，手裡抱著剛出生皺巴巴的我。不過不像老鼠。我看起來像個真正的嬰兒。我想到老鼠躺在那個怪異的塑膠箱子裡，身上一堆進進出出的管子。她還在那裡面嗎？她看起來還是那個樣子嗎？我仔細的審視那張照片。爸爸不在裡面；早在我出生之前，他和媽媽就一直是朋友，但一直要到幾個月之後，他們才在一起。我真正的父親也不在裡面。我都還沒出生，他和媽媽就分手了。我想起當我們第一次見到老鼠時，爸爸是如何看著她的，我突然很希望也有人能像那樣看著我。

我把信封放回箱子裡，重新貼好膠帶。還有很多沒看的，但我再也看不下去了。也許改天吧。

此刻陽光普照，我走到院子裡。我們搬來時這裡就亂七八糟的，現在春天了，這裡更是長成了一片荒野。雜草叢生的草地上點綴著黃色的蒲公英，我找路穿過草地，走向盡頭樹下的小長凳，那裡四周及膝的野草中長了一大片鈴蘭。我像媽媽在教堂裡現身時那樣，閉上了眼睛，試著用我的心靈去聯繫她。

事情就是從這裡開始的：去年夏天，我們第一次來看房子時，她就是在這裡告訴我老鼠的事。我在腦海中回想，努力記起每一個微小的細節。

房屋仲介帶爸爸上去看頂樓的空間了。「有足夠的空間做主臥室，如果你們想要改裝的話，也可以在那邊加一個浴室變成套房，亞歷克斯。」他一邊往上走一邊說，「你不介意我叫你亞歷克斯吧？」

媽媽不見了。我想她也許到外面抽菸去了，所以我就到雜草叢生的後院去找了一下，果然發現她坐在我現在坐著的地方，從屋子裡幾乎看不見。但她沒在抽菸。

「你在這裡幹麼？」我問，「看起來好像隨時要下大雨了。」

「我只是需要一點空氣，」她說，「我覺得有點——」她住了口，突然用手摀著嘴，好像要吐的樣子。

我看著她。「你還好嗎？你看起來滿糟糕的。」

「當然，」她試圖燦爛的一笑，「只不過……」她的膚色蒼白中泛著蠟黃，眼睛底下一圈黑影。她努力擠出一個微笑。「我很好，真的。」

我訝異的看著她。以我經年累月看著媽媽撒謊的經驗，我知道她騙起人來面不改色。從來都不是什麼大事就對了，不過就是違規停車罰單啦，圖書館的罰款啦，或是為了上班遲到而虛構出來的災難等等。小時候，即使我知道她的話與事實相距十萬八千里，她還是會讓我深信不疑。事後，她會衝我使個眼色，說：珠兒，只是個無傷大雅的小謊罷了。但這次可不是什麼無傷大雅的小謊，這次事情大條了，大到她無法隱藏。

「你才不好。你為什麼要騙我？」

現在回想起來，她不對勁已經有好一陣子了，總是疲倦，吃得也不多。

「噢，老天爺，你生病了，是不是？」

「說真的，珠兒，你實在是八點檔看太多了。」

但她看起來很緊張，不敢正視我的眼睛。

我開始驚慌起來。「一定是很嚴重的病，所以你才要騙我。」

疲累、噁心、嘔吐。事情很明顯了。這個星期已經有三個早晨，我在浴室門外急得跳腳而媽媽在裡面嘔吐。她說是吃壞了東西，但是，噢，天哪，現在一切都講得通了。爸爸老在她旁邊忙前忙後，她甚至把菸都戒了。一定是有什麼嚴重的問題，不然還有什麼別的原因？疲倦、戒菸、嘔吐……每天早上……

噢。

我不可置信的看著她。「你懷孕了。」我低聲的說。

「沒有。」她說，「好吧……對啦。我告訴了你，爸爸會殺了我。他希望我們倆一起跟你說的。我們告訴你的時候，你得假裝這是一個天大的驚喜喔。」

我瞪著她。「你要有一個小寶寶了。」我還是覺得不可置信。

「大致就這個意思。」

「你還老是叫我要小心。」

她看起來有點尷尬。「這其實並不是一個意外。」

我試著去理解這一切。「但你太老了。」

「並沒有，」她皺著眉頭說，「珠兒，我才三十七歲，其實還很年輕。」

我試著在腦袋中把事情全部弄清楚。

「預產期是什麼時候？」

「早著呢，我才剛懷孕幾週而已。」

「男生還女生？」

她聳聳肩。「我也不知道。爸爸確信是男孩。」

我們在尷尬的沉默中坐了一會兒。我不知道該說些什麼。

「你開心嗎？」她問，「寶寶的事？」

「我也不知道。」這整件事有點嚇到我了。她看起來挺失望的。

「我不介意，」我說，「只是太驚訝了。」我又思索了一下。「你開心嗎？」

「要不是噁心得那麼厲害，我會開心的。」她說，「爸爸簡直是欣喜若狂。」

我們又在那裡坐了一會兒，雨水打在乾燥土地上的氣味在我們四周縈繞不去。事情在腦海中的聯結挺有意思的。此刻我聞到了雨和泥土和萬物默默生長的氣味，感覺那像一個警告：你不知道接下來會發生什麼事；世界很可能會天翻地覆。但在當時，只感覺聞起來很清新。

「哇，」我最後笑著說，「一個寶寶耶。」

「是啊，」她說，「神奇吧？」

「對啊，」我說，「真的很神奇。」

她伸手捏捏我的手。「我好高興你開心，」她說，「你一定會是一個非常棒的大姊姊。」

「你的皮夾克可以給我嗎？」我說，「你很快就會肥到穿不下了。」

＊ ＊ ＊

現在回想起這一切恍如隔世。我張開眼睛。成功了嗎？她肯定會在這裡的。但院子裡一片寂靜。

「媽？」我終於開口，「媽，你在這裡嗎？」

我等待著。

「拜託。」

天上一架飛機發出慵懶的嗡嗡聲。一滴淚水從我鼻子上滑落。現在她都死了，怎能指望她會比活著的時候更可靠？這討人厭的思緒閃過我的腦海，我的耐心瞬間瓦解。

「為什麼一開始讓他說服你去懷這個愚蠢的寶寶？」我對著空蕩蕩的院子大吼，「我需要你的時候，你為什麼不在這裡？」

吼一吼感覺真好。

「你這個自私的壞女人！」

我氣到手都發抖了。但憤怒的感覺真好，熱辣、強大而猛烈，我覺得自己活過來了。我再度閉上眼睛，緩緩的深呼吸。怒氣消退之後，我感覺筋疲力盡、疲軟無力，又有點荒謬可笑。我停止咆哮後，院子裡顯得非常安靜。但是——一張開眼睛——又不像該有的那麼安靜。圍牆另一邊的樹葉裡傳來一陣沙沙聲響。我神經緊繃的坐直了。

「是誰？」一時之間，我以為或許是媽媽。但不是，如果她聽見我吼她，她不會躲在牆後面，她會當面對我吼回來。但如果不是她……

也許只是煤灰，我告訴自己，一面努力不要驚慌。這時沙沙聲停止了，有人略微不好意思的清了清喉嚨。

我猜不是貓。

天啊，不管那是誰，肯定全都聽見了。一定是隔壁那位老太太桃西。但不是，聽起來一點都不像那種老太太的咳嗽——

「你還好嗎？」一個男性的聲音突然說。

我僵住了。我想到要逃進屋裡去，永遠躲在那裡不出來。我想到要躺在地上假裝什麼疾病突然發作，或是撞到頭，這樣所有的事情就能有個理由，或至少分散一下注意力，我就不用說話了。我想到了隱形斗篷，還有新聞播報裡排水孔打開把人整個吞下去的事。只是災難從來不在你希望的時候發生。

「哈囉？」那聲音遲疑的說。

最後，我決定唯一的選擇就是裝沒事。

「是啊，我很好。」我努力讓聲音聽起來像是很驚訝他竟然會問這種蠢問題，不管他是誰。

那邊停頓了一下。

「你確定嗎？」那是一個低沉沙啞的聲音，帶著點北方口音。

「我當然確定啊。」

「你聽起來有點……」他顯然努力在想出一個外交辭令來表達「精神錯亂」。「苦惱。」

「我說了，我很好。」

又是一陣停頓。

「是喔。」他這是反話嗎？我站起來盯著那堵牆，想要弄清楚那邊那個人的意思。他是在嘲笑我嗎？我握緊了拳頭。我絕不容許他嘲笑我，而就像媽媽老喜歡說的，攻擊往往是最好的防衛。

「你到底在那邊搞什麼鬼？躲在牆後面偷聽別人的私人——」我停住了。私人什麼呢？你幾乎無法稱之為「談話」。「……東西。」我訕訕的把話說完。

一顆頭從圍牆上方冒了出來，看起來毫不起眼。頭上長著一堆黑色的亂髮，而且頭的主人比我預期的要年輕。他比我大不了多少，頂多兩三歲，這就更慘了，如果還能有什麼事比對著灌木叢潑婦罵街被當場抓包更慘的話。

「我在整理花木。你知道，就是有些人會在院子裡做的事。」他掃了一眼我背後的雜草叢林，「好吧，總之有些人會做。你不介意吧？」

這真是難堪到不能再難堪了。

「我想是吧。」我的口氣簡直像個五歲小孩。他把垂在眼睛前面的黑髮往後一撥，頭髮就變成了一些螺旋錐立在頭頂上。我們尷尬的在那裡站了一會兒。

「好，」他猶豫了一下，「那就這樣。」

「你就繼續去修剪你的樹枝或隨便幹麼吧，」我說。絕不能由他說了算。我努力讓它聽起來有點像是什麼不正當的活動。「別讓我耽誤了你。」

他看著我張開嘴彷彿想要說什麼，然後搖搖頭，消失在圍牆後面。我在椅子上坐下來，還沒來得及鬆一口氣，他又像個憤怒的彈簧小丑（譯注：jack-in-the-box，一種玩具盒，打開盒蓋就會有一個小丑從裡面彈出來。）一樣蹦了出來。

「你這個人到底怎麼了？我只不過是想幫助你而已。」

「你不是已經走了嗎？」我檢視著自己的指甲，努力讓口氣聽起來很厭煩。

我從眼角看見他又搖了搖頭。

「隨你高興吧。」

他再一次消失在圍牆後面。

我坐了一兩分鐘，想要假裝自己只是在自家庭園裡享受了一段輕鬆愜意的時光，一點都不在意他就在牆的另一邊、離我僅咫尺之遙、並且覺得我瘋了這樣的事實。但最終，我必須承認自己失敗了。我站起來穿過灌木叢，走回空蕩蕩的屋子裡。半路上我的手機響了，是一通簡訊，爸爸傳來的。

希望你都還好。玫瑰狀況非常好，醫生覺得再過幾個星期她應該就能回家了！待會兒見。啾我盯著那則簡訊，所有的憤怒、挫敗和羞辱突然間一擁而上，沉重到我難以承受。我想都沒想就把手機丟進了魚池裡。現在就我自己一個人，我不需要它了。手機發出了令人滿意的噗的一聲，它的光亮消失在一層濃密的綠色水藻底下，接著便沉入了黑暗之中，了無痕跡。

五月

「靠！」媽媽說。

臥室窗戶上傳來一陣刮擦迸裂的聲音，我在床上坐起身，瞬間完全清醒了。

「耶穌基督啊！」我倒抽了一口氣。

「不是，」她笑著說，一面扶住銜在嘴裡的一支菸，一面在口袋裡翻找打火機。陽光穿過窗戶流淌進來，照得她的頭髮呈現出琥珀的色澤。「只是小老太太我而已。看，沒有鬍子。」

我瞪著她。看見她，我如釋重負到快昏過去了；又好氣她那麼久才出現，氣到想放聲大哭一場。

「媽！」

但她根本沒在看我；她正忙著靠在我臥室窗戶上，使盡全身力量想把它推開。

「我沒辦法把這個混帳東西打開。哪個白癡刷油漆的時候把它封死了。幫我一下，好嗎？」她說得一副我們昨天才見面的樣子，不是好幾個星期之前，更絕不是好像她已經……呃……死了。真是典型的她。我敢打賭她甚至想都沒想過這一陣子我有多苦惱。

「媽。」

「怎樣啦？」她轉身看著我，終於注意到我的怒氣。她使出面對交通警察時那一招，無辜的睜大眼睛表示：噢，我想這裡面一定有什麼誤會。「我以為你會很開心見到我的。」

「我是開心啊！」我在可能的範圍內用最大的聲音吼道；我聽見爸爸在樓下廚房裡叮鈴匡啷的聲音了。「我當然他媽的開心。」

「你唬我啊。來，說吧，這回我又哪裡惹到你了？」

我深深吸了一口氣。「這個嘛，除了把我嚇得半死又吵醒了我——」

「啊，其實這正是我來這裡的原因。」她縱容的笑了笑，「不過看見你躺在那裡睡得那麼香甜安詳，我就想讓你多睡個五分鐘，我先抽根菸吧。哪曉得這窗戶……」她朝窗戶比了比，彷彿一切都解釋得很清楚了。

「不，」我搖搖頭，「暫停。倒回去。什麼東西正是你來這裡的原因？」

她看著我，好像我是個傻瓜一樣。「我是來叫你起床的啊。快，懶鬼，趕緊起來了。快快快。」

我衝她眨眨眼睛。

「今天不是你考試的第一天什麼的？」她好像在對一個小小孩講話一樣慢慢的說，「你現在是不是該起床活動一下了？」

其實在她出現之前，我一直躺在床上假裝自己還在熟睡，努力不去想到這件事。倒不是我在乎考試，我現在怎麼可能會在乎這個。但想到大禮堂裡那一排排的桌子，你們現在可以把考卷翻過來了，大家拚命的振筆疾書，事後又七嘴八舌的談論……真是不要也罷。但我不會讓她把我的注意力從我的憤怒上移開。

「別管那個了，」我盡量壓低聲音，「你這一陣子到底去哪兒了？」

「噢，這個喔，」她含糊的說，「問題是我不能談論這件事。」

「我還以為你不會回來了。」我說著說著，感到眼睛裡充滿了突如其來的淚水。我起身背向她，從門後面的鉤子上取下晨袍裹在身上。

「是嗎？」

「是的。從告別式之後，我就一直在等你。」

「別提那個告別式了，珠兒。」她呻吟著說，「是不是糟糕透頂？我本來想要一個

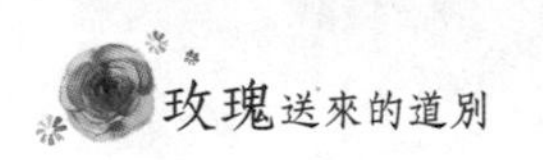

戶外告別式的，每個人都來盡情歡樂。你知道的嘛。大家穿著黃色——」

「黃色？」

「每個人都得講一些故事，說我有多棒；美麗、滑稽又有趣，諸如此類的。愛護動物，對弱勢者友善，還有——」

「好了，好了，我知道你的意思了。」

「——然後跳舞，喝醉。那才是我想要的告別式。」

「那你就該立個遺囑啊。」我惡聲惡氣的說，「你不立，顯然就會很麻煩。各式各樣的表格文件你都沒填，弄得爸爸焦頭爛額。再說我討厭黃色。」

「我只是舉個例子，意思是不要黑色，」她皺皺眉頭，「珠兒，沒想到你會當真。」

「我喜歡黑色。你改變話題了。」

一陣停頓。

「好吧，如果我惹你生氣了，我很抱歉。我沒想到你會擔心。」

「你抱歉嗎？你似乎不怎麼抱歉啊。」

「是的，我當然抱歉，親愛的。我不希望你生氣。我現在不是來了嗎？」

「好吧。」

她終於打開了窗戶，坐在窗臺上，將一口菸噴進了清朗的早晨中。我看著她，十分好奇。

「說說看，」我終於說，「那邊是什麼樣子的？」

「什麼啊？」她問。

「你知道什麼的嘛。」

她給了我一個壞壞的微笑。「你必須等著自己去發現。」

「噢，太棒了，真是振奮人心啊。」

她笑了。「你自己要問的嘛。」

「那是哪裡呢？你就告訴我，自從在教堂見到你之後，你都去哪裡了。」

她不耐煩的嘆了口氣。「我跟你說過了，珠兒，我不能談論任何一點有關那邊的事。」

「為什麼不行？」

「因為不行。」

「因為什麼？」

「因為你不能知道。沒有任何一個人能知道。」她的話裡有種斬釘截鐵的味道。我思索了一會兒。

「那會破壞時空的連續性嗎？」

「不會。」

「我的頭會爆炸嗎？」

她抬起一邊眉毛。「你真想知道？」

「噢，好啦。你就不能給我一點提示嗎？」

「一點提示？」

「不用真的說出什麼。」

「你要我比手劃腳演出一場關於死後的默劇？」

「也許吧。」我想這聽起來真的有點太牽強。

「喔，好啊，」她說，「沒問題。那或許你也可以試著藉由——噢，我也不知道——踢踢舞好了，來表現一下無垠的時空？」

「用不著諷刺我，」我在床上躺下來，兩手枕在頭後面，「我只是想知道是怎麼一回事。」

「你一定會的，寶貝，這點你絕對可以確定。但就目前來說，生命已經夠複雜的了，現在你專注在那上面就好。」

她轉身將菸噴到窗外。「總而言之，你在學校裡怎麼樣？」

我回想了一下。我回學校已經三個星期了。最初幾天真是苦不堪言，大家要不就是大聲的言不及義，好像深怕惹我傷心，要不就是推心置腹的緊握著我的手臂。然後他們就將一切全都拋諸腦後了。新任校長羅麥絲小姐也曾把我叫到辦公室去「談話」。重回學校一定是滿困難的，尤其是又快要考試了，但一點正常狀態或許會有所幫助。正常狀態！她說出這個詞的時候，我差點笑出聲，但是忍住了。她滔滔不絕說了一大堆關於學校的輔導老師啦，還有別把事情悶在心裡有多麼重要等等。當然，還有，如果你需要找人聊聊的話，我總是在這裡的，她一邊說，一邊看著手錶把我送出辦公室。

我寧可把自己的腿砍下來也不會去的，我說。不過這是事後對莫莉一個人說的。

「還好。」我對媽媽說。

「我真高興你能有莫莉來照看你，」她說，「她真是個好朋友。我老說她就像你第二個媽媽，是不是？提醒你寫作業，確定需要帶去學校的東西你都準備好了。那女孩真是個不可多得的好朋友。」

「我們現在在放考試假。」我趕緊把話題從莫莉身上岔開。我其實沒怎麼念書。莫莉一直想叫我去圖書館跟她一起複習，但我無法面對那種場面。反正拉維也總在那裡準備他的A level考試（譯注：A level是英國中學最後兩年修習的一些進階課程，修完後的考試成績用來申請大學。），我可不想去當電燈泡，多謝了。

「那……別的事呢？」

「像是什麼？」

「呃，你知道的嘛。玫瑰還好嗎？」她說得一派輕鬆，好像在隨意閒聊。但我知道她不是。

萬一她來這裡唯一的理由只是為了確認老鼠好不好，這可怎麼辦？也許她根本不是來看我的。我開始驚慌起來。萬一她發現我有多痛恨老鼠，肯定會當場就消失，而我就再也見不到她了。我不能讓她知道。

我沒有看她。「喔，」我說，「她很好啊。」

「但她還沒回家。」媽媽說。這是一個陳述句，不是問句。

「你怎麼知道？」

「太安靜了，」她說，「家裡有嬰兒可是會比現在這樣吵鬧得多。」

「她還在醫院，」我說，「爸爸大部分時間也在那裡。但她沒事。」

媽媽看著我，等著我再多說一些。「好了，」我趕緊說，試圖把話題從老鼠身上拉開，「你說得沒錯，我最好快一點，不然要遲到了。」

她停頓了一下，彷彿想說什麼，但後來又改變主意了。「是啊，當然。今天考什麼？」

「英文。」我說，但我只是躺在那裡抬眼看著天花板上一塊黃褐色的水漬，看來一定是多年前雨水滲漏所造成的。我不想離開她。

「好吧，那趕緊啊。」她說。我坐起來看著她。

「我原本以為當我需要你的時候你就會來，」我終於說，「但你並沒有。」

她坐在窗臺上看著我。「你什麼時候需要過我了？」

我想了一下。「一直。」

她笑了。「我不能一直都跟你在一起。」

「為什麼不行？」

「好，別的不說，那會讓我們兩個都整個瘋掉。要不是我已經死了，你肯定會把我殺掉。或反之亦然。親愛的，要是我們一起在一個狹小的空間裡待上超過兩小時，你知道我們一定會吵架的。」

「我們不會。」我想了一下，「不見得會。」

她抬起一邊眉毛。「記得那次在巴茅斯嗎？大雨不停的下了一個星期，我們都無法離開拖車？假期結束後，你說你需要心理輔導。你說你得了創傷後壓力症候群。」

真有意思，我都忘記這個部分了。我只記得一個豔陽天，我們全都在沙灘上吃冰淇淋，媽媽跟我把爸爸埋在沙子裡。但我不能否認她說得沒錯。

「還有那次你割盲腸，我請了一星期的假照顧你？」她繼續說，「你說你願意付錢讓我回去工作。你還跪下來求我呢。」

我想起來了，抱怨著說：「你一直要煮東西給我吃。」

「是啊。」

「然後還期待我吃下去。」

「對啊。」

「你不斷逼迫我看《真善美》，然後你還要跟著唱。」

「當然要啊。」

「非常大聲。」

「當然。」她把菸蒂從敞開的窗口彈出去。它劃出一個完美的弧形落進魚池裡，然後消失在水藻底下，和我的手機作伴去了。

「去吧，我的寶貝，你會非常棒的。」

我沖完澡回來，臥室裡空蕩蕩的。

我早知道會這樣，但還是忍不住哭了。

＊＊＊

我一聽見前門傳來爸爸轉動鑰匙的聲音，立刻關上床邊的檯燈和iPod，假裝熟睡。他今晚從醫院回來很晚，現在已經快十點半了。我總是一定會在他回家之前上床，否則他就會沒完沒了的講老鼠的事：她又有多麼了不得的進步，他又如何的把她捧起來抱在懷裡，護士又如何的渴望見到我，也許我不久就可以過去一下。不管我看起來怎樣的百無聊賴，他就是說個不停。

前門關上了，我聽見他的腳步聲上了樓梯。每天晚上我的房門都是開著的。樓梯口的燈光照進來，在黑暗的房間裡投射出一塊長方形的亮光，但沒怎麼照到我。他從來不說什麼，只會看我幾秒鐘。我一向很不會裝睡，從小就是。我總是忘記呼吸。我不知道他曉不曉得我在裝睡，但最後房門總會關上。

可是今晚不一樣了，房門沒有關上。

「珠兒？」爸爸壓低聲音說。我的心臟砰的跳了一下。有什麼事情發生了。我一隻眼睛張開一條細縫想偷看他的臉，但只看見他的剪影嵌在樓梯口的燈光中。

「珠兒？」他這回大聲點了。我體內升起一股恐慌。要是老鼠有什麼不對勁怎麼辦？要是我幸災樂禍怎麼辦？

他走到我床邊坐了下來。「你醒著嗎？」

我沒說話。

「珠兒，他們說她不久就可以回家了。」我聽得出他聲音裡的興奮，「玫瑰，他們說她已經差不多強壯到可以出院了。如果她持續進步下去，幾個星期內，她就可以回家跟我們在一起了。」

他等不及要告訴我這個。我躺在那裡，沒有呼吸。

「珠兒？」

他希望我坐起來笑著擁抱他。他希望我會高興。我也想啊，但我不知道該怎麼去高興。

「嗯……」我努力讓這聲音聽起來像是還在睡覺。我翻個身面對牆壁，背對著他。

他僵住了一會兒，沒有動靜。我可以感覺到他的目光落在我背上。我可以感覺到他的失望。一行熱淚斜斜的順著我的鼻子流下來。我希望他能說點什麼。我希望他能撫摸我的頭髮，就像小時候我做噩夢時一樣。每當我醒來時，趕過來的總是他；然後他會陪著我，直到我再度入睡。我用不著告訴他我需要他，他就是知道。那時他能了解躺在黑暗中的我感覺多麼孤獨和不知所措。

但現在，他只是起身走開了。透過閉著的眼瞼，我看見房間暗下來了。他帶上了房門。

＊　＊　＊

「你們需要幫忙嗎？」

店員給了爸爸一個燦爛的微笑。她顯然發現我們站在一整排像軍隊一樣排列在店裡的嬰兒車前面，一點頭緒也沒有。

是的，我們需要幫忙。

「你們今天是來找什麼東西呢？有什麼特別的需求，還是對某個特定的型號感興趣？」

爸爸不知所措的看著她，一波熱辣辣的窘迫襲捲過我全身。嬰兒部門裡的其他顧客似乎都很知道自己在做什麼：女人把手放在自己傲人的大肚子上，男人牽著不停扭動的學步幼兒。爸爸和我卻完全不是這樣：我們太過悲傷、冷淡而沉默。我擔心那些興高采烈的喧鬧人群會注意到我們，會感覺到我們的不祥。還是他們太忙於牽手、歡笑，還有幫自己的孩子擦鼻子？我縮進自己的衣服裡。

「我們需要一輛嬰兒推車。」爸爸說話時臉都紅了，也不敢正眼看那個店員——名牌上寫著茱麗安。

「沒問題，先生，」她說，「你是想要真正的推車還是旅行系列？」

「噢，」爸爸說，「我，嗯……」

茱麗安的微笑固定在臉上，等待著。

「我也不知道。」

「喔。好，那就看你實際上要用它來做什麼。」茱麗安熱心的說。

「用來把嬰兒放進去。」爸爸很快的說。我盯著自己的腳。當初就不該被他勸來的。但他看起來那麼的絕望。拜託了，珠兒，我沒辦法自己一個人去面對這些。

真可憐。而且我都準備好要這麼對他說了。想要嬰兒的人是你啊。要不是他，我們根本用不著去買嬰兒車。要是他當初樂意安於現況的話……但那時，我突然感覺到媽媽或許正從窗簾後面或窗戶外面看著這一切，晚點我一定會為了這事被她念死。於是我就氣呼呼的被他說動了。

「那是……」茱麗安停頓了一下，她的目光從爸爸臉上轉向我，再往下飄到我明顯沒有懷孕的腰部，然後再回到爸爸臉上。「那是你們自己要用的嗎？」

爸爸沒有說話。走道上，一個學步的幼兒正推著一輛俗豔的綠色折疊式嬰兒車往前走，車裡放著他咬痕累累的兔子玩具，一對夫婦和另一個店員在一旁鼓掌叫好。

「哦，太棒了，哈利，」那個肚子已經很大的女人誇張的稱讚著，「我想你跟邦妮兔已經幫我們選好了，是不是呀，達令？」

我恨他們所有的人，甚至包括邦妮兔。

「對，」我囁嚅的對茱麗安說，「是我們自己要用的。」

「好，」她明快的說，「那我們就從最簡單的開始。你們希望寶寶面向前方還是面向你們？」

爸爸還是什麼都不說。

「當然，如果是新生兒要用的話……」她詢問的看著我們，爸爸點了點頭。「那好，你們會需要一個可以完全放平的款式。像這一款，框架裡面可以放進一個手提嬰兒床，或是……」

茱麗安繼續說個不停。我看得見她的嘴在動，我聽得見一個一個的字，但是它們對我毫無意義。爸爸的臉跟我的一樣，一片空白。突然間，我想起媽媽去世那天，我們兩個在醫院的家屬休息室裡，醫生也是這樣對我們說個不停。子癇前症。腦水腫。剖腹產。許許多多對我來說毫無意義的語詞。

「寶寶小的時候面對你們比較好，」茱麗安說，「有助於親子關係……」

那醫生的臉我記得非常清楚：光滑黝黑的皮膚，短短的花白山羊鬍。那是一張親切和氣的臉。最後他問我們有沒有問題。

「充氣輪胎適合不平的路面，」茱麗安在說，「不過當然，這的確會增加重量……」

她確定已經死了嗎？我問。

醫生訝異的看著我。是的，他最後說，他鏡片後面的眼睛裡充滿了悲傷。我很抱歉。

「當然還有這一款，」茱麗安將指甲修剪得十分整齊的手放在另一輛嬰兒車上，「萬一將來有需要的話，它可以多加一個座位給小弟弟或小妹妹使用。」她笑容滿面的對爸爸說。他盯著她，但我非常確定他並沒有真的在看她。他只是盯著盯著，盯到有點尷尬了，而我必須假裝在袋子裡找東西。

「我沒想到會這麼困難。」他終於說。他的聲音有點奇怪。我抬頭一看，胃就揪起來了。淚水嘩嘩的在他臉上流下來。

「爸爸！」老天爺，千萬別讓人看見才好。

茱麗安不再笑了。「先生，你還好嗎？」她說。

那個穿著寬大長袍的愚蠢邦妮兔女人往這邊看了一眼，隨即移開了視線。我得趁還沒有別人注意到之前，趕緊把他從這裡弄出去。

「你要不要坐一下？」茱麗安說，「我幫你倒杯水來好嗎？」

「不用了，」爸爸努力打起精神，「我只是——」

然後他就走開了，留下茱麗安和我兩個人面面相覷。

「他還好嗎？」她說。

「你覺得呢？」我咕噥了一句，然後便跟在他後面下了電扶梯；他走得飛快，我必須跑步才跟得上。我終於在廚具部門趕上了他。我抓住他的手臂，把他轉過來面對我。

「你怎麼可以這樣？你怎麼可以這樣讓我丟臉？」

一時之間，他看起來如此的氣憤，我以為他會當場在店裡、在一堆水壺和烤麵包機之間對我大吼大叫。但他好像突然間沒了力氣。

「我需要喝杯咖啡，」他疲倦的說，「來吧。」

我遲疑了一下。

「別跟我爭執了，珠兒。就這一次。」

於是我尾隨著他，往回穿過店裡，來到一間很大的咖啡店。我選了一張靠窗的桌子坐下來，窗外看出去是停車場，爸爸去拿咖啡。

他端著托盤過來，我們默默的坐了一會兒。爸爸啜飲著他的咖啡，我盯著外面一排又一排、幾乎一望無際的車子，在陽光下閃閃發亮。

「你知道嗎，我曾經想像過這一切。」

「什麼？」

「所有這一切。來這裡買嬰兒提籃啦、連身嬰兒服啦，所有這些衣物裝備。之前，媽媽懷孕的時候，我想像過事情會怎樣。媽媽假裝不興奮，哼哼唧唧的抱怨腳痠，讓所有的店員跟在她後面到處轉。而你表現出根本不想來的樣子，一半的時間都在跟莫莉傳簡訊，然後又挑選了最貴的東西。我們就是……很幸福。」

他的目光穿過窗戶，看向遠方，看見了一些我無法看見的東西，一些從未發生的回憶。外面很熱。夏天突然來臨了，大家都穿著短褲T恤或是夏裝。但這裡的冷氣太強，我哆嗦了起來。

「每一天，都只能撿拾收藏再也不會發生的微小事物。」爸爸說。

「你在說什麼啊？」

他沉默了一會兒，思索著。「我昨天整理了CD，」他最後說，「你知道媽媽老是把這些CD放錯盒子，或者到處亂扔。我必須一個一個檢查，把它們放回應該放的位置。這總是讓我抓狂。」

的確如此。有一次我走進廚房，他在那裡氣得臉紅脖子粗，手裡揮舞著CD盒子說，她又把她那該死的ABBA合唱團跟我的華格納放在一起！好像誰會在意甚或知道他在說什麼。媽媽則翻個白眼，嗤之以鼻的說，你知道希特勒是華格納的大粉絲吧？

爸爸看著我。「但昨天它們全都放在正確的盒子裡，按順序排列在架子上，就像原來應該有的樣子，就像我把它們放好的樣子。」

我沒說話。

「你的日子可以一天一天過下去。你可以消磨掉那些時光，讓自己相信自己過得還可以。但是那些意想不到的事情……」他的聲音顫抖了。

拜託別讓他再哭了。

他猶豫的看了我一眼。「你有發覺嗎？」

我迎著他的目光。「我不懂你為什麼不買個iPod？」

他眨眨眼。「我不是你的敵人，珠兒，」他說，「為什麼我覺得你好像認為我是？」

「我不知道你是什麼意思。」我說，但我不敢看他的眼睛。

我們默默的喝完咖啡。

我們沒有再回嬰兒部門去。

「我會上網去訂一臺嬰兒車。」爸爸在開車回家的路上說。

但我不免覺得這是一次勝利，好像命運介入了。好像沒有嬰兒車就等於沒有嬰兒。

* * *

爸爸送我回家之後接著就去醫院，也不費事問我要不要跟他一起去了。我默默的下了車，他沒有說再見。我回到樓上自己的房間裡，拿出筆記想要複習，但完全無法專心。我滿腦子想的都是老鼠。她在醫院的時候，我還能假裝她不存在。但她很快就要回家，然後一直待在這裡。

我走到樓梯口，站在她房間那扇光亮的白門前面，然後慢慢推開門走進去。自從媽媽去世之後，我就沒有進來過這裡。嬰兒床旁邊放著一張老舊的搖椅，媽媽把它重新油漆過，又堆上一些靠墊。媽媽用我嬰兒時期房間的舊窗簾做了靠墊的套子，我都完全忘記了，直到看見那些大象用鼻子捲著汽球的圖案才想起來。我會很高興她能擁有一些我的東西，那個一頭金色鬈髮、胖嘟嘟的微笑嬰兒。我想像著她安詳的睡在她的小床上，蓋著莫莉和我為她挑選的繡花小棉被，她嘴裡含著大拇指，臉頰紅通通的。我坐在搖椅裡輕輕的前後搖晃。我閉上眼睛，想像自己懷中抱著那個本該是她的嬰兒。她咯咯的笑了，朝我伸出完美的小小手指——

我猛然用腳煞住搖椅，起身走出房間，反手帶上了門。

這是她的房間，不是老鼠的。

老鼠是個冒牌貨。

六月

「真不敢相信！」我們一踏出考場，莫莉就抱著我尖叫，「只要我們不想，這輩子就永遠也不用再考什麼試了。」

我們周圍的喧鬧聲簡直震耳欲聾，大家都在興奮的交談，互相擁抱，或者對答案。

「你要過來慶祝嗎？」大夥兒魚貫走進午後的陽光中，莫莉挽著我的手說，「我們一堆人等一下要到公園去。」

但我只想自己一個人找個安靜的地方待著。

「抱歉，」我說，「我得回去。」我知道她會認定這是與寶寶有關的事，我也不去糾正她。

「噢，」莫莉的臉垮了下來，「真可惜。你連過來跟我和拉維快快喝杯咖啡的時間都沒有嗎？他明天還要考最後一科，所以也不能待太久。」

「我不行耶。」

我們一起往學校大門走去。

「一切都好嗎？」莫莉問，「小玫瑰怎樣了？」

「很好，」我說，「她下個星期就要回家了。」

「太棒了！」她說。

「是啊，」我說，「太棒了。」

她奇怪的看著我。「你的口氣不怎麼高興啊。」

我聳聳肩。

「珠兒，我希望你能跟我聊聊，」她說完沉默了一會兒，輕輕的皺著眉頭。「想到玫瑰要跟你一起在家裡，你會不會覺得怪怪的？」她終於遲疑的說，「會不會讓你想念你媽？」

我沒說話。

「我是說，我知道你一定一直在想她，但跟你在一起的是玫瑰而不是你媽，你覺得這會讓你更想念她嗎？」我定定的停下腳步盯著她。她怎麼知道這是我的感覺？她能夠了解我對老鼠的感覺嗎？我可以告訴她嗎？

「你知道你可以跟我說的。」她說。

「噢，你看，那不是拉維嗎？」我很高興有了一個逃生通道。

雖然我只見過他一次，但他非常好認，主要是因為他太高，幾乎比身邊的人要高出一個頭，又高又瘦，有點笨拙。他站在學校大門旁。我都忘了他額頭上還有一撮歪向一邊的蠢頭髮。他看見莫莉時，臉上放出了光采。她跑過去親吻他，而他必須彎下腰才夠得著她。

「你們兩個還沒正式見過面吧？」我走到他們面前時，她笑著說，「拉維，這是珠兒，我全世界最好的朋友。珠兒，這是拉維。」

「嗨，」他緊張的說，看起來更笨拙了，「很高興認識你。」他伸出手來。我看著他的手笑了。

「太正式了點吧？」

「喔，是啊，的確。」他看起來很尷尬，「真抱歉。」

莫莉用一隻手環著他。「珠兒，拉維真的一直很想見到你。」

我不知怎的有點懷疑。

「對啊，」拉維笑著說，「我聽莫莉講過好多你的事。」

「噢，老天，」我說，「你一個字都別相信。」

火車周遊券在歐洲各地旅行一下。爸爸一直很擔心，不過媽媽告訴他，放輕鬆點啦，她已經是個大女孩了，讓她來幾場冒險吧。

「但你暑假不是一向都要照顧你弟弟嗎？」我的聲音有點哽咽。

「我媽現在上很多夜班，所以她白天常在家。小傢伙們其他時間就去保母那邊。爸爸說我很自私，說我們負擔不起保母費，既然我可以當免費保母。」她看起來很難過。「媽媽說沒關係。這又是另一件讓他們吵架的事。」

「不要覺得有罪惡感，」拉維用手臂環住她，「你一直都在照顧你弟弟，別讓你父母認為這是理所當然。」我過去一直都是這麼告訴莫莉的，現在是拉維在告訴她了。我瞪著他前額那撮塗了髮膠的蠢頭髮和他的蠢名牌眼鏡，我恨他。

我們尷尬的在那裡站了一會兒，人群從我們身旁走過，有些人在大喊大叫，拍打著彼此的背，有些則還在對答案。我突然想到拉維或許還在等我幫著他打消莫莉的疑慮。

「我真的沒辦法留下，」我沒有回應他，只說，「我得走了。」

我轉身就往漢普斯特公園走去，莫莉連給我一個擁抱都來不及。

「珠兒！」她在我背後喊道，「你等下打電話給我好嗎？我不想打去你家，免得打攪……或什麼。你趕快買支新手機啦。」

但我不會打。

當我回頭時，她和拉維正一起笑著，手牽手走下山。

＊　＊　＊

我到家時，大門沒辦法好好打開。它撞上了杵在門後面玄關裡一個巨大的東西。我盡可能把門推到最開，然後從門縫裡擠進去。矗立在玄關裡的是一臺大型的嬰兒車，大到足夠放得下三胞胎。那是那種豪華的老派款式，不過是嶄新的，整臺是深藍色配上閃亮的銀色，還有光鮮亮麗的白色車輪。茱麗安曾在店裡給我們看過一臺像這樣的。「如果預算不是問題的話，你們也可以考慮像這一款……」它擺在我們破舊的玄關裡，看起來完全格格不入。我滿懷恨意的瞪著它。爸爸為什麼就不能跟別人一樣買一臺正常的嬰兒車？顯然給他的小女兒，要買就買最好的。

我走進廚房關上門，這樣就看不見那臺嬰兒車了。即使外面天光明亮，但廚房裡還是陰暗的，充滿了陰影。桌上有一張紙條。

今晚又會在醫院待到很晚。沒去超市，抱歉，寶貝。這裡有點錢，去買外賣吧。爸爸。啾！

底下又草草添加了一行：希望你考試順利。

我在那下面寫著：並不順利。多謝詢問。

我坐下來對著紙條看了一會兒，然後把它揉成一團丟進垃圾桶裡。我把外賣的菜單放回抽屜，再把錢塞進口袋，然後給自己倒了一杯水，在桌旁坐下來。我看著廚房地板上斑駁的樹影，沒去理會咕咕直叫的肚子。

「好啊，」背後的陰影裡傳來媽媽的聲音，「你真是懂得怎麼慶祝啊。」

「夭壽喔，」我努力想要掩飾見到她我有多安心，「別再這樣無聲無息的出現好不好。」

「嗯，我也很高興見到你，我的寶貝女兒，」她給了我一個燦爛的微笑，「可是能否告訴我，你為什麼一個人坐在昏暗裡？今天不是最後一天考試嗎？你不是應該出去用某種我不想知道的墮落方式慶祝一下嗎？」

「我累了。」我說。

「可是我以為你會跟莫莉出去的。」

「沒有，她跟她的新男友出去了。拉維。」我盡可能用輕蔑的口氣說。

「叫我福爾摩斯吧，」媽媽說，「我是不是偵測到莫莉的愛情生活裡缺少了一些熱情？」

「你知道她的嘛，」我說，「她的男友總是一場災難。」

「噢，老天，可憐的莫莉，」媽媽嘆道，「她是個挺聰明的女孩，為什麼老是跟對她不好的男孩交往？」

「噢，不是的，」我趕緊說。我想到了莫莉的前一個男友傑伊，最後被發現他還有另外好幾個女友和一個懷孕的未婚妻；還有再之前那個歐茲，他在市場工作，結果把盜版DVD存放在她的公寓裡，直到警察找上門來她都還一無所知。「他完全不像那樣。」

「那這一個又有什麼不對勁了？」

我思索了一下，想不出什麼答案。「很難解釋啦。」我最後說。

她拉過一張椅子，在我旁邊坐下。「他很傲慢？」

我想了一下。「不會。」

「讓人不寒而慄？」

「不會。」

「那是怎樣？奇醜無比？賊頭賊腦？專橫跋扈？不愛乾淨？」

「不是，不是，都不是。只不過……」

「怎樣啦？」

我起身給自己又倒了點水，想要確定我到底是不喜歡他哪一點。「你知道莫莉就是這樣，總是看到別人的優點。她可以跟一個殺人無數的重婚者出去約會，還能找出些好話來說他。他的笑容很迷人，他有個不愉快的童年什麼的。」

「但你還是沒有解釋這個人到底有什麼問題。我想他並不是一個真的殺人無數的重婚者吧？」

「不是。」

「那他有什麼不好？」

討厭的是我還真想不出他有哪點不好。「他念山上那間貴族學校。」

「那又怎樣？」

「我跟他見面時，他跟我握手。」我毫無說服力的加上一句，「還有……他太高了。」

媽媽笑了。「如果你能說出他最壞的部分就是這樣，那莫莉可以算是很幸運了。而且以她過去吸引無賴和窩囊廢的紀錄，你應該為她高興才是。」

「所有我說的笑話他都會笑，即使不怎麼好笑。」我還在努力解釋他有多討人厭。

「喔，好，我現在明白了。他顯然是瘋了。」

「哈哈。」

「你不覺得他可能只是有點緊張嗎？男生最怕女友的閨中密友了。也難怪。他們知道自己要是做了什麼不該做的事，會出現在家門口準備卸下他們一兩顆睪丸的，就是這個閨密了。」她笑了起來，「你還記得你和莫莉在市場遇見她那個差勁的前男友嗎？你當著所有人的面，把你對他的想法一五一十全說了出來。」那是歐茲。我笑了。是的，我記得。「還獲得了一堆掌聲，是不是？」

「是啊。」那一刻真是太棒了。我們見到他時，莫莉一直好尷尬，好心煩意亂。而他好討厭，一直嘻皮笑臉的對我擠眉弄眼，不停的逗弄我，完全無視莫莉。我實在忍不住了，就把我對他的想法全告訴了他。

事後，莫莉非常感激我。有你這樣的朋友，我真是太幸運了。我一下子都想起來了。我幾乎忘了那種親密的關係是什麼感覺。

「但是這個拉維，」媽媽沉吟著，「他似乎滿貼心的。老實說，我真的看不出來他有什麼問題。」

媽媽的眼睛在我臉上搜尋著。「你有沒有去看過她？」

我感覺自己緊繃了起來。我不能讓她知道事實真相，否則我知道她永遠不會原諒我。她的記仇能力一向惡名昭彰。

「我這一陣子真的很忙，」我避開了她的注視，「要複習功課什麼的。」

「但她還好吧？」

「對啊，」我頓了一下然後說，「她很快就要出院了。」

她用手摀住嘴巴，轉身背對著我，過了好一會兒才能開口。她再轉過來面對我時，眼睛溼溼的。

「噢，珠兒，」她說，「太好了。這真是太好了，是不是？」

我遲疑了一下。「是啊。」

「你的口氣不怎麼高興嘛。」

「我只是太累了。」

「那爸爸呢？他還好嗎？」

「是啊。」

「你從來都沒談到他們。」她的口氣有點尖銳，「為什麼？我很好奇。」

她從口袋裡掏出她的銀色打火機，點著了火。火燄在昏暗中閃爍著亮光，她舉著它靠近我，照亮了我的臉。

「你知道我真的很累了，」我轉過身，「我要去洗個澡。」

我以為她會試圖阻止我，她會認為我只是在避談爸爸和老鼠，但她只啪的一聲蓋上了打火機，然後湊過來親了我一下。

「你贏了，去休息吧。晚安，寶貝。」

我一邊往外走，一邊回頭看著她。「晚安，媽。」

她在陰影中對我微笑。

可是當我擠過那輛蠢嬰兒車旁走上樓梯時，感覺體內升起了一股恐慌。我不能留下她一個人就這樣走掉。我匆匆趕回廚房。「你很快就會回來吧？」

但我是對著一屋子的陰影在說話。媽媽已經走了。

* * *

我洗完澡走下樓，查看一下媽媽有沒有趁我不在的時候回來時，爸爸到家了，前門又撞上了那輛嬰兒車。

＊　＊　＊

「終於！」我們穿過醫院停車場時爸爸說。他提著一個嬰兒安全座椅，那份小心翼翼和自豪簡直就像裡面已經有一個小嬰兒了。「你能相信它終於成真了嗎？」

「不能。」我尾隨在他後面，他回頭看著我，想要讀懂我的表情，但陽光直射進他的眼睛。他等著我趕上去。

「我知道她對你來說很陌生，」我們走近門廳那扇巨大的旋轉門時他說，「你一定會感到焦慮。老實說，我自己也覺得有點擔憂。不過說真的，寶貝，一旦她回到家，你慢慢認識她以後，就會有不一樣的感覺了。」

我一點都不想要認識老鼠，但我不想引起另一場爭執。再說上回和媽媽談起老鼠時，她語氣中的尖銳在我心中記憶猶新，所以我只隨爸爸去說。他既緊張又興奮，嘰哩呱啦的說個不停。他看起來很不一樣。也許正是因此而不再看起來不一樣。他又像爸爸了；兩鬢斑白，眼睛周圍有許多皺紋，看起來比較老，但彷彿內心記起了這一切之前的自己。我感到一陣嫉妒。我想要知道他是怎麼辦到的。

「放心，沒事的。」我們走進大門時，他把一隻手放在我肩膀上說。有那麼一瞬

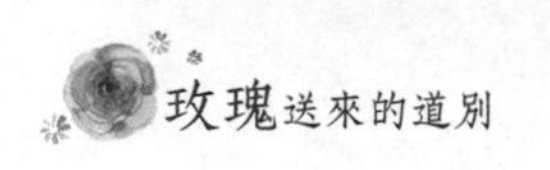

間，我幾乎希望他能說對。

是那個氣味的問題；我們一走進醫院裡我就想吐。媽媽去世之後好幾天，我的衣服上都散發出那股醫院的味道。我洗了又洗，還是洗不掉。最後我只好把它們裝進黑色的垃圾袋，和其他垃圾一起丟了出去。奇怪的是那味道仍然揮之不去；一連好幾個星期，它就好像在我皮膚上，或是在我頭髮裡。

我跟在爸爸後面，但想到的只有上次我在這裡時沿著同樣的長廊狂奔。我喉頭升起一股噁心的感覺，並開始覺得頭昏。

「我不能跟你一起上去了。」我對爸爸喊道。

他轉過身。「什麼？」

「我沒辦法。我在外面等你。」

他的臉從驚訝轉為失望。

「珠兒，你為什麼要這樣？」他說。我看得出來他有多努力在壓低自己的聲音。「你為什麼一定要把事情弄得這麼困難？」

我瞪著他。他不明白。他只想到老鼠，沒有想到媽媽。我轉身就沿著走廊往回跑，越過許多護士、蹣跚而行的老人家、焦急的親屬、上面躺著人的擔架床和放著藥物的手推車，我穿過有咖啡店和恐怖塑膠植物的大廳，一路跑到外面的停車場。

我靠在外牆上想要喘口氣。周圍都是跑到外面來抽菸的人：醫生、訪客、坐在輪椅上的病人，全都聚集在大門外這一小塊鋪好路面的地方。

我把眼睛閉上一會兒，想要讓頭腦清醒一下。

「哈囉，」一個聲音說，「你是珠兒吧？」

我張開眼睛，面前站著一個很老、看起來很虛弱的女士。我花了一會兒工夫才認出她是住在隔壁的那位老太太。

「我是桃西，」她說著伸出一隻纖細的小手。她滿是皺紋的臉上，一雙眼睛倒是出奇的湛藍和靈活，「你隔壁鄰居。我們還沒正式見過面吧？不過我跟你父親說過幾次話。希望沒什麼事吧？你該不是生病了？」

「不是，」我說，「爸爸來這裡——」我停住了。我甚至無法談到老鼠，「接一個人。」

她看著我，臉上一抹好奇的表情，但隨即就用微笑掩蓋過去了。

「小寶寶嗎？」她說。我感覺自己臉紅了，知道她曉得我在避免提到老鼠。「上次見到他時，他說醫生希望她很快就能康復出院。」

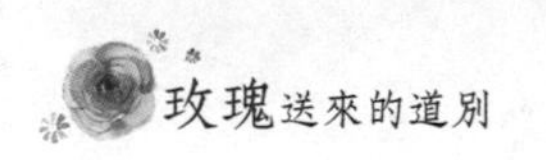

我擠出一個微笑。「是啊，沒錯。」

「那你一定要趕快帶她過來看我。你會吧？」

「好啊。」我言不由衷的說。

「也許你能再見到芬恩喔，」她說，「他是我外孫。等他考完試，九月去音樂學院之前的暑假會過來跟我住。他要來幫我整理房子和花園，我現在完全應付不來了。他真是個好孩子。我想他之前過來待幾天的時候，你見過他一次吧？」

我正要說沒有，想說她是不是有點老糊塗了，突然意識到她指的是誰：那個一頭亂髮、偷聽我對著樹大吼大叫的討厭園丁。他是她的外孫。

「噢，」我臉紅了，「對，我的確見過他一次。」想到那次，讓我覺得非常難為情。

「那他在這裡的時候，你一定要常過來玩。我相信他一定會很高興見到你的。」

不知怎的，我懷疑。

「好吧，」她說，「我得走了。我又讓會診醫生等我了。」

她說話時輕輕齜了一下牙，好像很痛苦的樣子，但她掩飾得很好。

「你還好嗎？」我說，「要不要我陪你走過去？」

「不用了，親愛的，」她說，「你在這裡等你妹妹吧。我沒事的。這地方是我第二個家，蒙上眼睛都認得路的。」她笑了，「希望很快能見到你。」

我看著她走進去；她的身材如此瘦小，佝僂著背，行動緩慢而痛苦。她在視線中消失後，我走到公車站旁的一張長椅上坐下來等爸爸。沒多久他就從自動門裡出現了，手裡緊抓著那個嬰兒安全座椅，這回老鼠在裡面了。見到她實在滿震驚的，她變了好多，看起來不再像個外星人了。她還是又瘦又小，但現在看起來像個嬰兒了，有著黑色的頭髮，睜著大眼睛第一次看見外面的世界。不過她還是一點都不可愛，沒有玫瑰色的臉頰或酒窩。我們默默的走向車子。

我們一進車子，她就開始喊叫。那是一個怪異的聲音，一種嘶啞的尖叫，沒完沒了的，在車子狹小的空間裡顯得分外大聲。

「我想等我們開動以後，她就會停止了，」爸爸說，「她也許就會睡覺了。」

但是她沒有。在回家的路途中，她的尖叫沒有停過一秒。

「也許你應該帶她回醫院，」我說，「她也許有什麼不對勁。」

「嬰兒都會哭的，珠兒，」爸爸厲聲的說，「她沒事的，只是這一切對她很陌生而已。她也許是害怕。」

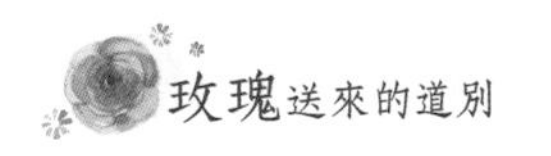

我很想說，這些事對我也很陌生，我也害怕。

我們一到家，爸爸就把老鼠從安全座椅裡抱出來，她終於不哭了。但每次他想把她放下來時，她又開始大聲哭喊起來。最後，她在爸爸懷裡睡著了，我把坐在沙發上筋疲力盡的他們倆留在客廳裡。

但我的耳朵還是能夠聽見她哭喊的聲音。

* * *

我在奔跑。我沿著一模一樣的綠色走廊在奔跑。但我跑得有多遠，它們就有多長。我努力想跑快一點，但我的腳不能動。我怎麼也到不了我怎麼也到不了……

我從床上坐起來，心臟狂跳，腦袋還有一半在夢境裡。我試著慢慢呼吸。走廊消失了，只剩下一無所有的黑暗。有那麼一瞬間，一種如釋重負的感覺襲捲過我，但那一瞬間也消失在黑暗裡，而現在我感覺臉頰上有淚水，我也想起了為什麼。我用袖子擦去淚水，我恨自己竟然會忘記，就像每天早上一樣，即使只有那麼短暫的片刻。只是——我看著一片黑暗，慢慢回過神來……只是現在不是早上。時鐘顯示著03:17。

有點奇怪。我又花了一會兒工夫才弄明白到底是什麼奇怪。

還要在意一個從來沒見過我的陌生人呢？

但現在我感到好奇了。我仔細研究那些照片，想要弄清楚他是怎樣的一個人。我覺得他看起來挺滑稽的，有點淘氣，頂著一個龐克頭也滿有趣的。有兩張照片他在笑，你知道那是真正的笑，一路往上延伸到眼睛。下一張，他和媽媽擺出嚴肅的臉，凝視著不同的方向，好像在望向遠方，思索著什麼很有深度的事。最後一張看不太清楚他們的臉，因為他們笑得太厲害了。詹姆士彎著腰，頭髮全部往前披在臉上，而媽媽則仰頭往後。

他跟我有一點相像嗎？我稍微瞇起眼睛，盯著他的眼睛，然後他的鼻子和嘴巴，但他看起來就像某個我不認識的人。

我開始覺得有點涼意和睏倦了，所以就把所有的東西都放回紙箱裡，除了那串大頭照。我把照片帶回房間，放在床邊的桌子抽屜裡。我關燈閉上眼睛時，並沒有看見爸爸和老鼠一起蜷在隔壁房間裡。

我看見的是詹姆士。

七月

「你有沒有在聽我說話？」

「什麼？」我甚至沒發覺爸爸就在旁邊。我正在看新聞報導一個男人在公園遛狗時被雷打到。我以前從來不會注意這類的事，但現在……我想像著電視上模糊照片裡那個男人，他穿上雨衣，把狗的牽繩從門廳鉤子上取下來，咕噥著當初養狗時孩子們答應要遛狗的，結果現在，每天晚上風雨無阻出去遛狗的都是他。他甚至從來都不想要養什麼該死的狗。「今天紀念戴維斯先生時，他的妻子說，『他是一個好丈夫和好爸爸。』」

這世界隨時都可能天翻地覆。

「珠兒，把電視關上好嗎？這件事很重要。」

我依言照做，然後轉身看著他。老鼠被他抱在懷裡，烏黑的眼睛盯著看他說話。

「聽我說，珠兒，」他在沙發上坐下來，「重點是——呃，是錢的問題。」

「怎樣了？」我的心思還在那個被雷打到的男人身上。

「呃，基本上我們已經沒錢了。我不知道什麼時候才會看見媽媽的保險理賠，是說如果能拿得到的話。」他揉著頭，好像頭很痛的樣子。我曾經聽見他在電話裡喋喋不休的講著什麼表格啦、債務啦、保險理賠啦等等的。想到一個厭煩的客服中心員工在談論媽媽，我就一肚子火。

「那又有什麼要緊？」我說，「不管多少錢都沒辦法讓媽媽死而復生。」

「我知道，珠兒，」爸爸努力保持聲音的平靜，「但不知你有沒有注意到，我們需要錢來生活。總之，我們把玫瑰帶回家之後，公司已經很好心讓我放無薪假了。他們沒必要這麼做的。但我必須再開始賺錢。我必須回去工作，現在。否則這棟房子就可能不保了。」

「好。」

「我們也請不起保母。」

「那誰要來照顧她？」我朝老鼠點點頭。

「呃，這就是重點了。」他停頓了一下，不安的扭動著。突然間，我明白他要說什麼了。可是不會吧？他深深吸了一口氣。「在我想出一個長久之計以前，珠兒，我需要你的幫助。我需要你來照顧你妹妹。」

「我？」

「珠兒，要不是走投無路，我是不會開口的。」

「可是我沒辦法。」

「我知道這好像滿讓人害怕，但你一定沒問題的。你以前也當過保母，不是嗎？而這又比之前更容易了，因為你認識玫瑰，她也認識你，你們又在自己家裡。」他的口氣聽起來連自己都無法說服。

沒錯，我是當過幾次保母，但那只是幫莫莉的忙，那時該輪到她照顧弟弟。而且她還答應我，他們一定會在我到達之前就上床睡覺。我只需要坐在那裡把電視開到很小聲，希望不要吵醒他們。萬一他們真醒了，我還不知該怎麼辦呢。

「你隨時都可以打電話給我。我已經跟公司說好了，他們很能體諒。」

老天，他全都安排好了。他到底籌劃了多久？

「這樣就都沒問題了嗎？萬一我有其他計畫呢？」

「比如什麼呢？」

他說得對。我幾乎從來沒有什麼密密麻麻的社交行程。

「這不會很長久的。」他說，「你可以看看莫莉能不能過來幫幫忙。她可以跟你作伴，又很擅長跟小孩相處，不是嗎？」

「意思是我就不擅長囉？」

「不，當然不是，」他的口氣有點不確定，「我只是說——嗯，她有弟弟，不是嗎？她常常在照顧他們。」

「噢，她現在正跟她的上流社會男友和男友家人在西班牙，」我惡聲惡氣的說。根據昨天收到的明信片，曬成了驚人的古銅色，又吃了太多太多的開胃小菜！不過真的很想念你！「所以她不能來。」

「噢，」他說，「好吧，沒關係。隔壁的桃西說她會密切注意的，如果有什麼問題，你也可以過去找她。」

我大笑了起來。「隔壁的桃西？開什麼玩笑？她起碼有一百歲了吧？都快作古了。我想她已經聾得什麼都聽不見了，說不定還癡呆。」

「說這種話真的太不恰當了，珠兒。你實在是很不講理。」

「我不講理？」

「對！」他吼道。老鼠的臉皺了起來，開始大哭。「你就是。你既不講理又自私，我真不懂為什麼。我已經煩惱得快發瘋了，一直努力振作起來，想要維持正常的生活，我以為可以依靠你來幫點忙。」他氣到渾身發抖，「我覺得我再也不認識你了，珠兒。你太讓我失望了。媽媽也會這麼覺得的。」

我震驚得說不出話來。爸爸從沒吼過我，我真的一次也不記得，只除了有一回我大概五歲的時候，追著一顆足球跑到馬路上差點被車撞了。我現在還能聽見那尖銳的煞車聲。那時他確實吼過我。

他猛然站起來轉過身去，面對著客廳牆面上醜陋的一九七〇年代橘褐相間鋸齒圖案壁紙，我想那不會讓他的心情好轉多少。他搖晃著老鼠，想要安撫她，但她好像知道他在生氣，哭嚎得更大聲了。

我看著他的背影，想著該怎麼辦才好。

「好啦，」我終於說，「別生氣了。」

他轉過身來時，臉頰上有淚痕。我心裡揪緊了一下。

「對不起，」在老鼠的哭聲中，他最後說道，「我不該說那些話，也不該吼你的。」

但其實我知道他說得沒錯。要是媽媽聽見剛才的對話，她永遠不會原諒我的。突然間，那個讓我不得安寧的疑慮又一次出現在我腦海中：萬一她真能聽見呢？萬一她一直

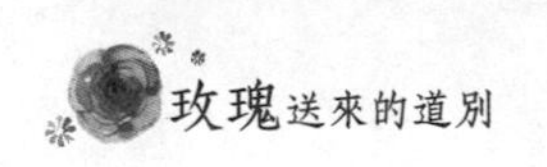

在旁邊偷聽而我不知道呢？我常常感覺到她有可能偷偷跟著我，她或許知道得比她被告知的要多。自從老鼠回家後我就沒再見過她了，萬一這都是因為她知道我的感覺呢？萬一她在生我的氣，永遠不再回來了呢？

「聽著，」爸爸努力讓自己的聲音平靜下來。他抱著老鼠前後搖晃，直到她終於停止了哭泣，開始吸她小小的大姆指。「我知道這要求有點過分，但你現在已經考完試了，如果你能在白天照顧她一下，事情就容易多了。只要一兩個禮拜，直到——」他停住了。

「直到什麼？」突然間，我確信他有事不想告訴我。

「呃，」他看起來有點不自在，「直到我另外想出解決的辦法。」

「比如說？」

「我們現在就不用操心那個了，」他說，「我需要知道的是，你是不是準備要幫這個忙？」

我想像著媽媽正在外面走廊上拿著一個玻璃杯貼在牆上偷聽。她會做這種事我一點也不驚訝。

「看來我也沒多少選擇了，不是嗎？」我粗聲粗氣的說。

他的臉上充滿了如釋重負的表情，我以為他又要哭了。

「謝謝你，寶貝。」他說。老鼠的眼皮垂了下來，然後閉上了。

「不過我可不幫她換尿片喔，」我趕緊說，「絕不。」

＊　＊　＊

「好，」爸爸在講第十億遍，「這裡是所有的電話號碼。萬一你必須打電話到我辦公室，而他們說我在開會，你就跟他們說你有急事。」

他在廚房裡走來走去，以一種略微精神錯亂的方式向我揮舞著一疊清單和計畫表，而我坐在桌子旁假裝看雜誌。

「這是診所的電話。萬一你覺得她發燒了或有任何不對勁，就打給他們。當然，萬一是緊急狀況——」

「打999，」我頭也不抬的說，「是的，我知道，爸爸。我不完全是個白癡。」

「還有，桃西說你隨時可以過去找她。」

「太好了。」爸爸正忙著想像各種厄運和災難場面，沒注意到我的嘲諷。

「好，就像我說過的，玫瑰的作息時間寫在這張紙上，」他從那疊紙裡抽出一張，放在我旁邊的桌子上，「所以你大概知道她什麼時候可能需要餵奶或睡覺。不過反正我們已經全都講過一遍了，是不是？」

「是的，兩分鐘之前。還有再之前兩分鐘。」

「還有每一個奶瓶都貼了標籤，寫著餵奶的時間，奶粉也都量好了。還有——」

天哪。「爸，你就走吧，好不好？」

「好，好，」他穿上夾克，「但你餵奶之前，記得先檢查一下牛奶不要太熱喔，免得她燙到嘴。還有，別讓她拿到任何小東西，免得她放進嘴裡噎到。我把所有這些都記在這張紙上，以防萬一。」

這張紙的標題是：各種危險。

我翻了個白眼。「爸，你把我的頭都弄昏了啦。」他所有這些大驚小怪都只會讓我更加不安；倒不是說我會讓他看出我的緊張。

「好，對不起。」但他還是磨蹭著不想離去。「你記住我說過的，玫瑰睡覺的時候要讓她仰躺。還有確認她不會太熱。這真的很重要。」

「爸——真是的，一大堆十六歲的女孩都有自己的小孩要照顧了，」我在對自己也在對他說，「你為什麼就不相信我能辦到呢？我是說，這能有多難嘛。」

媽會不會過來幫我；但奇怪的是，我發覺自己並不希望她出現。如果她看見我跟老鼠在一起，她就會知道我對老鼠的感覺。我知道她一定會曉得的，不管我有多努力掩飾。我已經有太多事要煩心了，用不著她再來跟我過不去。

我打開收音機，還滿管用的。它讓我不那麼寂寞，而老鼠好像也滿喜歡音樂的樣子。過了一會兒，我想如果有說話的聲音，老鼠應該會很高興自己一個人待在屋子裡。我轉到一臺談話節目，讓老鼠聽他們討論更年期之後的性與人際關係，我就去沖個澡。

我回到樓下時，看了一下爸爸那張以分鐘為單位的時程表，上面告訴我現在得餵她了。我發覺我根本不用把她抱出椅子就可以給她一瓶奶，餵奶時我甚至不用看著她。

客廳裡的電話響了。我看話筒上是爸爸辦公室的電話號碼，就接了起來，否則我知道他可能會報警，或許還會打給消防隊或爆破小組。

「你走了才一個小時耶，」我說。雖然公道的說，感覺起來是很漫長的一小時。

「你到辦公室了嗎？」

老鼠聽了很長一段時間的收音機，我則假裝她不在。過了一會兒，她開始焦躁不安起來。我把她轉過去看窗外，又改放一些音樂，她就平靜下來了。

幾小時之後，爸爸又用手機打給我。老鼠正在她的遊戲墊子上。

「是的，爸爸，」我嘆了一口氣，「一切都好，除了那場大地震，還有那群驚慌逃竄的大象。」

「什麼？」

「我開玩笑的啦。一切都好。」

「真是的，珠兒，這不是開玩笑的時候。」他聽起來的確是鬆了一口氣，彷彿他剛才真的在想像有一群大象在星期一的上午從倫敦南邊逃竄過去。「你餵她了嗎？」

「有啦。」

「她睡覺了嗎？」

「抱歉，爸，你聲音斷斷續續聽不清楚，」我騙他，「我掛囉。」

老鼠睜著大眼睛看著我，一點要睡覺的意思都沒有，但好像還滿開心的。好吧，不盡然是開心。她的臉一如往常般嚴肅而充滿戒備，好像一個很老的人被困在嬰兒的身體裡。但她沒在哭，我希望能夠繼續保持下去。我不想冒險把她放回小床。爸爸留下一整張紙寫著怎麼哄她睡覺，小標題是搖晃、音樂盒、夜燈和背上安撫的手。這能有什麼用呢？所以我就把她留在原地。

過了一會兒，她開始哼哼唧唧。我看得出來她正準備要大大的哭鬧一場，所以我試著把她放回客廳的小躺椅上，然後在電視上找了一個卡通頻道。效果好極了，老鼠看得目不轉睛。我想到爸爸瞎忙一氣，弄來那一大堆育嬰書、作息時間表和各種指示，不禁笑了起來。大家為什麼老是把照顧嬰兒看成什麼天大的事？明明就很容易嘛。

我在廚房裡泡咖啡，突然聽見她開始哭泣。先是小聲抽咽，然後哇哇大哭。等我趕到客廳裡時，她已經在大喊大叫了。

起先我想不理她，說不定她就會停止或睡著。我回到廚房裡，但即使我把收音機開得很大聲，還是可以聽見她的哭聲。我走回客廳，她現在已經氣得滿臉通紅，尖叫聲直穿我的腦門。要怎樣才能讓她停下來呢？我試著又泡了一瓶奶給她，雖然爸爸的指示上說要再隔幾個小時後才能給她。她狼吞虎咽的灌下了半瓶，然後就不肯再吃了。她一停止喝奶，又開始拚命叫喊。我開始驚慌了。要是她接下來的半天都像這樣該怎麼辦？我會瘋掉。

又過了十分鐘，我真的要瘋了。這簡直像是酷刑。我知道我必須把她抱起來，摟著她，試著安撫她。我連碰都不想碰她，但沒多久，我就走投無路到什麼都願意一試了。我笨拙的把她抱起來，貼在我的肩膀上。我努力回想爸爸做的，噓著她，前後搖晃著她。但她的小身體氣得渾身僵硬，哭得更大聲了。我突然間懷疑她是不是知道我對她的感覺。也許那感覺是互相的。

這就是了。這就是她為什麼要這樣。她恨我。

我正這麼想著時，老鼠就吐了：所有她剛剛喝下去的奶，溫熱酸臭，全都順著我的背往下流，或噴進我的頭髮，然後滴進我上衣裡面。她還在哭叫。我知道她這麼做只是故意在刁難我。我把她舉在面前，她兩條細瘦的腿懸在空中。

「別哭了！」我對她尖叫，「別再哭了！」

我正叫著時，想到了媽媽。要是她能看見我，她會怎麼想？然後我也開始大哭。我就站在屋子中央，把老鼠舉在面前離我遠遠的，眼淚鼻涕流得滿臉。

我非得離開她不可。要是不的話——我不願去想可能會發生什麼事。我就是必須出去。我把她放在遊戲墊上，她還是滿臉通紅，哭喊不已，她的連身衣都被嘔吐物浸溼了。我跑出房間，跑出大門後把門重重的摔上。然後我繼續跑，沿著院子裡的小徑跑上馬路，能跑多遠就跑多遠。我必須離開。

經過公車站時，剛好有一輛公車靠邊停下，打開了車門，我想也沒想自己在做什麼就跳了上去。我沒帶皮包，也沒有公車卡，但牛仔褲口袋裡還有幾張鈔票和一點零錢。我付了錢給司機，在後面坐下來，盡可能遠離其他人，一部分是因為我的頭髮和衣服上都是嬰兒嘔吐物的味道，一部分是因為我不希望任何人注意到我。如果他們太仔細看著我的話，說不定會猜到我做了什麼。老鼠的尖叫聲還在我耳朵裡回響，我忍不住覺得要是有誰靠得太近，說不定也會聽見。公車開動了，我閉上眼睛，試著什麼都不去想。

我睜開眼睛時，已經到了離家好幾站遠的商店街，走得比我估計的要遠。就像我拿反了望遠鏡一樣，所有東西都遠離了。一個比我大不了多少的女孩帶著一輛嬰兒車上了車。那嬰兒在哭。我感到自己緊繃了起來。公車開動後，女孩彎腰抱起嬰兒開始搖他。他好小，也許才幾天大而已。女孩的頭髮緊緊的往後梳，她有一張線條堅硬銳利的臉，但是當她看著嬰兒的時候，臉上的線條變柔和了。

我突然間無法呼吸了。

我到底在做什麼？

我想像著老鼠一個人孤零零的在家裡，躺在地板上小腿亂踢，哭喊無人聽見。我按了下車鈴，一路跌跌撞撞的往前擠時，腦海中閃過那次要去見莫莉時，透過公車窗戶以為看見媽媽的往事。那次我看錯了。但要是她現在在這裡呢？要是我下了車，媽媽就站在那裡等著我，而且也知道我做了什麼事呢？

「喂，小心點。」那個抱著嬰兒的女孩說。

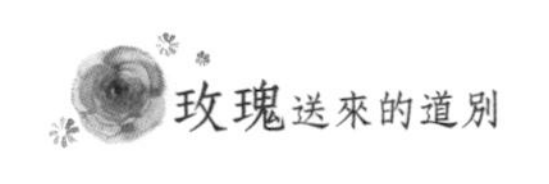

外面的空氣悶熱而滯重，充滿了汽車廢氣，但我害怕得渾身發冷。

沒有媽媽的蹤影，但那驚恐仍然非常強烈。我得趕快回去。

我跑過馬路，往反方向的公車站跑去。不過當然，現在放眼望去並沒有一輛公車。

「真好，終於見到太陽了。」一個戴著平頂帽、拄著枴杖也在等車的老人說，「我還以為這雨永遠也不會停了呢。還以為我得給自己造一條方舟了。」他對自己的笑話狂笑了起來。

但我滿腦子只有老鼠。她自己一個人待著有多久了？我看看錶。我不知道我是什麼時候出門的，但現在應該有差不多一個小時了。要是隔壁的桃西發現她一個人在家而報警了怎麼辦？我會坐牢嗎？我抬眼順著陽光中的馬路看過去，想在地平線上搜尋公車的小黑點。什麼都沒有。要是爸爸決定早點下班回家怎麼辦？我轉身開始狂奔。

跑了一會兒，我側邊的肋骨就劇痛了起來，必須放慢腳步用走的。但我的心思卻趕在前面跑向我回家時會目睹的場景。要是老鼠又吐了，然後窒息了呢？她之前的哭喊可能就是因為生病了。我想到爸爸的警告，要注意體溫和如何檢查是不是腦膜炎……要是我回家時她沒在呼吸怎麼辦？或是發生火災了？要是我回家發現她不在家裡怎麼辦？大家都以為這些事情不可能發生，要發生也是發生在別人身上，但我比別人知道得更清

「我也不知道。有可能出了意外什麼的。」

「好啦，你可以不用擔心了。看，」我大大的伸出雙臂，「我很好。沒有什麼小綠人，血管也沒被割斷。一切都好。」

芬恩仔細的看著我。「可是你把她一個人丟在家裡。」

「喔，」我輕描淡寫的說，「只有幾分鐘而已。我得跑到街角那家店去買些尿片，家裡用完了，而且她睡得很熟，我不想吵醒她，所以就讓她睡。反正——」我深深吸了一口氣，希望他沒注意到我在發抖，「她能出什麼事呢？」

他的眉頭皺得更深了。我知道他覺得我在說謊，而他想弄清楚為什麼。

「總之，」我說，「你在這裡幹什麼？」

但他沒在聽我說話。「那個在哪？」他問。

「哪個在哪？」

「尿片。」

「什麼尿片？」話一出口，我就意識到自己做了什麼好事。

「你剛去買的。」他直直看著我的眼睛。這是在質問我呢。

「他們沒有我要的尺寸。」我甚至還擠出了一個微笑。也許我真的遺傳到了一點媽媽唬人的本事。

「是喔。」

「好了，我不能站在這裡聊天了，」我走過他身旁往大門走去。我把手伸進口袋，滿懷感激的緊握著我的鑰匙。「她隨時都可能醒來。你可以告訴你外婆我很好，很感謝她。」

他看著我。「你真的很好嗎？」

「當然。」我惡聲惡氣的說。

「外婆說如果你想的話，可以帶著寶寶過來，」他說，「要是你開始有點吃不消的話。」

「不會啊。」

「她說她真的會很開心看到寶寶，」他說話時臉紅了，也不敢看我的眼睛。於是我知道這都是他編的；他只是想找個方式請我過去。可是為什麼呢？因為他覺得我瘋了，有可能危害到老鼠？因為他不想讓桃西失望？還是因為他希望我過去？

「好啊，」我急著擺脫他好去看看老鼠，「告訴她也許我會帶寶寶過去。」

他開始沿著小徑往外走，但突然間又遲疑的轉身回來。

「聽我說，」他說，「每次我跟你說話的時候，都覺得自己說錯了話。對不起。真的，我只是想要幫忙而已。我倒不是說你需要幫助還是什麼。」他急匆匆的加上了一句。

他的眼睛穿過黑色的鬈髮看著我，我沒法不注意到那對眼睛有多麼的湛藍。我突然意識到他看見的我是什麼樣子：渾身大汗，跑得滿臉通紅，穿著一件破舊的牛仔褲，一件太過寬大的上衣，還散發著一股酸臭的奶味。

「我最好趕快去看看她。」我說完轉身離去。

這時我突然想到一件事。「你不會跟你外婆說吧？」我在他背後叫道。要是她知道我把老鼠一個人留在家裡，她一定會告訴爸爸。

芬恩回頭看著我，微微聳了一下肩。「說什麼？」

然後他就消失在轉角了。

就像芬恩說的，老鼠在她的遊戲墊上睡得很熟。我躡手躡腳的走到她面前跪下來，把手輕輕放在她胸口確認她有呼吸。我的手在那裡停留了一會兒，感受著手底下溫暖的起伏。她就躺在地板中央熟睡著，顯得那麼小，那麼脆弱。

「我回來囉。」我輕輕的說。但她沒有驚醒。我在或不在，對她而言沒有差別。

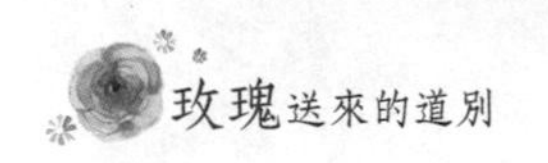

驚慌過去之後，我變得筋疲力盡。我躺在她旁邊的地板上閉上了眼睛，感覺到前所未有的孤獨。我剛才告訴芬恩我會過去看桃西，純粹是為了擺脫他。但是躺在地上，我知道我受不了再一次自己一個人跟她一起關在家裡。所以我小心翼翼的抱起她放進提籃裡免得把她吵醒，然後帶著她去隔壁。我留意著不要大聲關門，也希望新鮮空氣和嘈雜的車聲不會驚擾到她。

「哈囉。」桃西來開門時，我努力用平靜自信的口氣說。我還是有點焦躁，希望她不會注意到。我走過來時一路告訴自己，再怎樣也比跟老鼠待在家裡聽她對我哭叫來得好。但現在到了這裡，我只覺得尷尬，深怕她會發現我在照顧嬰兒方面有多沒用。「芬恩要我過來。但如果你現在不方便，我可以……」

但是話沒說完我就沒聲音了，我發覺自己在哭。我驚駭的轉過身用手摀住臉，讓頭髮垂到前面，這樣她就看不見我了，但頭髮上那股嘔吐物的味道讓狀況更是雪上加霜。我不斷無聲的啜泣著。我把事情整個搞砸了。現在桃西會知道我沒辦法照顧老鼠，也許還會告訴爸爸我崩潰了什麼的，事情就到此為止了。他會恨我，並且再也不相信我能照顧她，他就必須辭職，我們就會無家可歸，而這一切都是我的錯，然後媽媽也永遠不會原諒我了……

我感覺桃西的手放在我肩膀上。「噓，」她說，好像我才是小嬰兒一樣。當然，老鼠正安安靜靜的躺在她的提籃裡。「噓，沒關係的。」

「有關係。」我想要說，真的有關係。但她的手感覺好溫柔，好安撫，她的聲音也非常慰藉人心。

「有時候你就是需要大哭一場，」她輕輕的說，「即使到了我這種年齡也一樣。但是從多年的經驗中我學到了，門口可不是做這種事的好地方。你何不進來，到我廚房裡來哭？我有面紙和茶，我發覺這些通常挺管用的。也許還有一點蛋糕，如果芬恩沒有吃光的話。」

我拎起老鼠，滿懷感激的轉身跟著她走進去。

在廚房裡，她動作緩慢的幫我泡茶。我看得出來她滿痛苦的。

「要不要我來泡？」我問。

「不用，」她說，「你坐著就好。」

我低頭看著老鼠在提籃中熟睡。現在就算有一支管樂隊在她旁邊演奏，她也不會發覺。

「她剛才一直哭個不停。」我對桃西說。

「噢，」她說，「不用你說，我自己也有過孩子。那真夠你發瘋的。我常常被弄哭哩。」

「真的假的？」

「噢，當然是真的。」她說，「不過他們是我的寶寶，是我最愛的人。以你的情況嘛……」她低頭看著沉睡的老鼠，「這對你來說一定很不容易。」

我盯著她看了一會兒，她也用那雙極藍的眼睛看著我。我知道她明白，老鼠是我最不愛的人。這就好像一個千斤重擔從我胸口被移開了。

「你別擔心，」她說，「這不是你的錯。」

我想要說謝謝，想要告訴她我有多感激，但我說不出口，於是就只點點頭。

她慢慢走過來把茶和一大塊蛋糕遞給我。我小口小口吃著蛋糕，納悶著芬恩在哪裡。也許他出去了。我弄不清楚自己是希望他在還是不在。

我喝著茶，感覺平靜多了，我環視了四周一下。桃西家跟我想像的不一樣。她家跟我家就像鏡中的反像，隔著一面牆，所有東西都是相反的。但我們家感覺空蕩蕩的，牆上沒有照片或圖畫，壁爐臺上也什麼都沒有，而桃西家卻是滿滿當當。有許多遙遠地方的照片，曼哈頓、泰姬瑪哈陵、叢林、沙漠，還有老電影和舞臺劇的海報、畫作、壁毯和書。在我想像中，一個老太太的家應該擺滿了乾燥花瓣，還有小貓咪和牧羊女的擺飾，但她的家卻擺滿了她曾經的生活。

壁爐臺上有一張老舊的黑白照片，照片裡是一個非常美麗迷人的女子，和一個看上去像一九五〇年代電影明星的男人。

「這是你嗎？」我難以置信的問。

我的驚訝讓她笑了起來。突如其來的笑聲既開懷又淘氣，她彷彿突然間年輕了許多。「你知道，我可不是生下來就八十七歲的。」

我看著照片裡那個年輕的她，她顴骨和頸部的曲線，她塗著唇膏微笑著的嘴唇，明亮的大眼睛定定的看著身旁的男人。「你好漂亮。」我說。

「你先生？」

「這個嘛，」她說，「倒也未必。不過他是這麼覺得啦。」

「對啊。」她微笑著，但目光卻飄到了遠方。她緩緩從椅子裡站起來走到壁爐邊，把照片拿過來給我。

「他真是太帥了。」我笑著對她說。

「我一直覺得芬恩很像他。」她頑皮的說，而我這輩子從來沒有如此希望自己不要那麼容易臉紅。

我趕緊把照片還給她。她坐在那裡，臉上帶著一絲微笑，對著照片凝視了好半天，我懷疑她是不是還記得我在旁邊。

「拍完這張照片之後沒有很久，他就過世了。」她說，「一年或兩年吧。」

「噢，」我吃驚的說。照片上的他看起來是那麼的生氣蓬勃。「我很遺憾。」

「癌症。當然啦，他抽菸抽得非常凶。那時候我們都是；不知道對身體不好。」

我突然想到，不知道她是不是就為了這個而哭泣。

「會越來越容易嗎？」我連想都沒來得及想，這句話便脫口而出。

她看著我，思索著。

「當你深愛的人先走了，你眼睛所見、耳朵所聽的就只有他們，其他所有的東西都被屏除在外了，是不是？」

我點點頭，幾乎無法呼吸。

「會改變的。」她說，「隨著時間流逝，他們會變得越來越安靜。他們有時候還是會對你耳語，但外在的世界會變得越來越大聲。你又能看見、又能聽見這個世界了。他們曾經存在的地方成為了一個缺口，但你會越來越習慣這個缺口，習慣到幾乎看不見它。」她用蒼老脆弱的手握住我的手，「然後某一天，當你正在泡茶或曬衣服或坐在公車上，那個永遠不會被填滿的空虛心痛的空隙，又會突如其來的出現了。」

她眼睛裡有淚水。「對不起，」她說，「我想這恐怕不是你想聽的吧。」

我看著她，輕輕的握了握她冰冷細瘦的手。「我也很抱歉。」

她給了我一個悲傷的微笑。

樓上傳來演奏樂器的聲音，我想是大提琴。

「芬恩，」她說，「他拉得不錯吧？」

我們聽了一會兒。那聲音好美、好憂傷，我無法相信那是芬恩拉的。我不希望那樂音停止。

「他被全國最好的音樂學院之一錄取了，」她驕傲的說，「在曼徹斯特。」

她看起來滿疲累的。

「我該走了。」我說，雖然發覺自己有那麼一丁點失望芬恩沒有出現。

「真希望你明天能再來，但那是我上醫院的日子。」我拎著提籃往大門口走去時她說。

「你不會跟我爸說我有多難過吧？那真的很蠢，只會讓他擔心而已。」

「他不會有什麼要擔心的。」她在我背後喊道，然後關上了門。

* * *

第二天早上，當爸爸一關上門，我就知道一件事：我必須出門去。但這次老鼠也跟著一起來。

我花了很長時間準備爸爸那張外出清單上所有的東西，你會以為我們要出門旅行一個月。等尿片、溼巾、奶瓶、奶粉、替換衣物、遮陽帽、換尿片的墊子、棉布方巾等等全都收拾妥當時，老鼠已經哭喊得嗓子都快啞了。我用最快速度把她放進嬰兒車裡，又費了一番力氣把嬰兒車弄出了大門。

奇怪的是，我們一到外面，感覺就完全不同了。老鼠好像縮水了。在家裡的時候，她似乎又大又精明。但在這裡，她看起來就像一個小嬰兒。起先這臺亮閃閃的巨大嬰兒車讓我感覺有點不自在。它太惹眼，而且操控起來也比看上去要困難。不過一旦上路之後就容易了，而且我發覺大家看的是它而不是我。事實上，當你推著一輛嬰兒車的時候，結果你根本可以不存在。會注意到的人只是對小嬰兒感興趣而已。我從裘帝和凱夫身旁走過，他們是以前在歐文街的隔壁鄰居，又經過學校同學菲比・蒙克斯旁邊，他們

睡得那麼熟。你應該教我幾招。」

我滿懷感激的衝他一笑。「一出門就好多了。」

「要不這樣吧，你想不想來跟我喝杯茶？」

我知道他這麼說只是因為同情我，但不知怎的我並不介意。我一直滿喜歡S先生的，我知道他不會強迫我談自己的感覺，或問我一些難以回答的問題。他會講一堆無聊笑話忙到沒時間。

「那就走吧。」我說。

他推著嬰兒車，我們一起走向賣茶的亭子。「你的試考得怎麼樣？」

「不知道。」我很想加上一句：我也不在乎。

「你沒問題的。」他說，「你遠比外表看起來要聰明。」

我笑了起來。「這算是讚美嗎？」

「而且我誠懇的希望你明年會繼續選修英文課，」他說，「否則我就要聽席拉念到我耳朵長繭了。」

「我還沒認真想過耶。」我甚至還沒決定要不要回去繼續念A level的課程。回學校的這個念頭其實並不會讓我很開心，但換個角度來看，總比跟老鼠一起困在家裡要好。

而且我知道要是不繼續念的話，大家都不會給我好日子過，包括媽媽。

我們坐在一張戶外野餐桌旁喝茶。S先生告訴我當年他學生在課堂上把東西弄爆炸燒到頭髮的蠢故事，逗得我哈哈大笑。

老鼠醒來時，他自告奮勇要給她餵奶，還一邊跟她閒聊，向她解釋板球比賽中不同的守備位置名稱，背後內野手啦，左外野手啦。「小姑娘，我希望你有聽進去，」他說，「這可是你教育中很重要的一部分喔。」她好奇的盯著他看。「下次要講化學元素週期表了。」

「真高興見到你，珠兒，」告別時他說，「你做得太棒了。考試成績祝好運。」

＊　＊　＊

我回到家時滿晚的，爸爸已經回來了。我推開大門時他正在講電話。

「我要掛了，」他一見到我立刻說，「這件事我們週末再談。」

他掛上電話，過來幫我把嬰兒車弄進大門。

「我的女兒們好嗎？」他說。

「你在跟誰說話？」

「噢，」他一副心裡有鬼的樣子，「只是一些跟玫瑰有關的事。」

「她的什麼事？」

「算是托兒服務吧。我以後再告訴你。對了，你剛去哪兒了？我帶了一些工作回來，這樣就可以見到你們，結果你們又不在。我正要開始擔心了。」

他把老鼠從嬰兒車裡抱出來，對著她微笑。

「我們很好，」我說，「你用不著監督我的，你知道。」

「所以一切順利？」爸爸說，「你確定接下來這一個星期你都能搞定？」

「當然。」我說。

＊　＊　＊

當我上樓走進房間時，媽媽正坐在床上等我。

「你要嚇死我啊。」我說。

「玫瑰怎樣了？」她興奮的說，「她現在在家，是吧？我只是想看看是不是一切都順利。」

她用最鋒利的眼神定定的看著我。我知道我得好好表現一番，不能讓她對事情真相起任何的疑心。要是她知道我怎樣把所有事情弄得亂七八糟，又怎樣棄老鼠於不顧，我就再也見不到媽媽了。我必須使她信服。我永遠沒辦法欺騙她而不被她看穿。你騙不了一個騙子的，珠兒，她過去常常挑著眉毛這樣說。

但也許我可以。突然間，我知道該怎麼辦了。我不要告訴媽媽關於老鼠的事，我就告訴她如果事情順利時該有的樣子，如果我們帶回家的是媽媽懷孕時我所想像的那個嬰兒，尿片廣告裡那個有著酒窩的金髮嬰兒。

「很好啊，」我在腦海中想像著該有的樣子，「她超乖的，夜裡幾乎都不會醒來。」

「真的？」媽媽看起來很驚訝，「我記得你頭兩年都每小時整點醒來。」她懷著老鼠時還特意告訴爸爸這件事。既然他錯過了我的夜間餵奶和換尿片，她決定這一回讓他好好補償一下。「聽起來她簡直像天使一樣。」

「噢，她是啊，」我誇張的說，「她好可愛，每個人都這麼說，超愛笑的。這個星期爸爸上班時就我來照顧她，她好愛跟我在一起。爸爸老是說，我一走進房間，她的臉就亮起來了。」我想起我把老鼠遠遠的舉在面前時，她對著我尖叫，她小小的身體因為憤怒而僵硬。那是憤怒嗎？還是別的什麼？我把這個念頭推開，再一次專注在這個假想的嬰兒身上。「她好喜歡我餵她，」我加油添醋的說，「還有我對她唱歌。」

嗯，也許這有點太超過了。媽媽看起來十分狐疑。

「你有帶她去檢查一下聽力嗎？」

「不好笑。」

「好吧，」媽媽說，「她聽起來的確是太完美了，好到幾乎不真實。我想她偶爾也是會製造一些臭烘烘的尿片吧？還是從她屁屁裡出來的東西都有股淡淡的草地花香？」

我意識到自己真是有些太超過了。

「喔，」我說，「臭烘烘的尿片啊。是啊，當然有。真夠噁的。」

「好吧，我很高興一切都那麼順利。」媽媽的聲音有點銳利。她知道我在說謊嗎？

「你有沒有來過這裡而我不知道？」我突然問。

「什麼？」

「只是有時候我會有種你在看我的感覺。就像前幾天，我在客廳跟爸爸談論……某件事，我突然想到也許你能聽見。」

「什麼？你覺得我在暗中監視你？」

「也不完全是……」

「躡手躡腳的躲在一棵室內盆栽後面？坐在咖啡館裡看一張上面有洞的報紙？戴著一副連著假鼻子的眼鏡？」她笑得太厲害，開始大咳起來，必須狂喝幾口我杯子裡的水。「其實我常想像自己是個刑警、私家偵探、女探長之類的。我一定會做得很好。我具備所有必要的特質：小心謹慎、思慮周全、不引人注意、非常善於融入環境，像變色龍一樣。你不覺得嗎？」

「我不是這個意思。」我厲聲說道。

「那你到底在擔心我會發現什麼東西？你有什麼瞞著我？」

不知怎的，我想起了藏在床頭櫃裡那張媽媽和詹姆士的合照。

「沒有。當然沒有。」

我一直在想，也許可以問她一些關於他的事，但現在似乎時機不對。她一定會誤解，然後只會把我痛罵一頓。

她挑起一邊眉毛。「那我為什麼覺得你有事情沒告訴我？」

「因為你生性多疑。」我提供答案。

她嘆了一口氣。「你就不能對我坦誠點嗎？珠兒，我是你媽媽呀。」

「我是很坦誠啊。」

「你在看言情小說嗎？」

「莫莉在愛爾蘭的奶奶在看。莫莉常常偷藏在行李箱裡帶回來。」

媽媽笑了。「親愛的莫莉。她好嗎？」

「很好啊。還在度假，跟拉維。」

「啊。」

她靜默了一會兒。

「你寂寞嗎？」她最後說。

我微微一笑。「不會！」我笑得更開懷了，「當然不會。」

結果說謊一點也不難嘛。

＊　＊　＊

一顆小行星即將撞上地球。爸爸帶老鼠去公園前留在廚房桌子上的一篇文章寫得清清楚楚。美國太空總署的科學家確認了小行星的威脅……世界末日……有可能在2040年撞上地球。我可以在腦海中看見這個鎖定我們、具有毀滅性、勢不可擋的巨大石塊，正無聲的穿越太空，朝我們猛衝過來。

我看著盤子裡那片烤焦的吐司，當下肚子一點都不餓了。本來打算上樓去換衣服，但既然今天是星期六，我不用照顧老鼠，乾脆就回床上再睡一會兒吧，反正也沒別的事好做。莫莉還在度假，也不會有別人費事想要找到我了。

我停頓了一下，想起以前星期六常和莫莉和其他人一起閒逛。那似乎是好久以前的事了，幾乎有點不真實，好像根本沒有發生過。我現在變得很習慣一個人獨處。沒有了電話，真的很容易避開人群，而且我已經好幾個月沒有打開電腦了。

我正要爬上床的時候，聽見街上傳來一陣小小的騷動。我往窗外看看發生了什麼事。一輛黑色計程車停在過去幾家的門口，有一個人被樹擋住了，我看不見，她正在跟計程車司機爭執。某處還有一隻狂吠不止的狗，神經質的叫聲興奮到不行。

我回到床上閉上眼睛，但沒一會兒就聽見一聲很長的門鈴聲。我想不理它，但另外兩聲不耐煩的門鈴幾乎立刻響了起來。我在睡衣外面套上一件媽媽的舊套頭毛衣，下樓去開門。

門口站著一個光鮮亮麗的小個子女人，有點老又不算太老。雖然她的妝很濃，而我又不太會看人年紀，但我猜她大約六十歲左右。她一頭金色短髮，頭頂上架著一副名牌太陽眼鏡，身上穿著一件看起來很昂貴的米白色外套。她背後是那個我從窗口看見的計身上，我想起我還穿著睡褲和媽媽的舊套頭毛衣。那女人上下打量著我，咂著舌頭。

「哎呀，哎呀，」她說，「用不着這樣大呼小叫的，珠兒。」

我瞪著她。她知道我名字。

「你是誰？」我緩緩的說，因為我一邊說，一邊發覺她有點熟悉。我知道她，但又記不太清楚……

計程車司機看看她又看看我，一臉的困惑。「你不是說你孫女住在這裡嗎？」他看著我，點點自己的太陽穴，「對不起，親愛的，我想她有點秀斗了。」

「奶奶？」我難以置信的瞪著她。但沒錯，我現在知道是她了，即使我四歲以後就沒再見過她。

她看著我，好像我才是那個行為古怪的人。

「當然，不然還會是誰？好了，閒話少說，我們進去吧？」

「不行。」我說。她看著我。

「你說什麼？」

「你不能進去。這是我媽家，她不會希望你在這裡。這裡不歡迎你。」

她對我微微一笑，好像我還是她上回見到的那個四歲小孩。「別傻了，珠兒。」

「我是說真的，」我說，「要是爸爸回來發現你突然出現在這裡，他可是會不高興的。」

她看著我，精修細描的眉毛驚訝的彎成一個弧形。「珠兒，親愛的，」她說，「你想是誰邀請我來的？他沒告訴你嗎？」

他不會背著我搞鬼的。絕對。但那場我們一直沒時間進行的談話，那通被我打斷的電話。這就是他那樣鬼鬼祟祟的理由。原來如此。我緩緩的搖搖頭。

「我原本要下個週末才來的，」她說，「但我在最後一刻想辦法改變了計畫，想要給你們倆一個驚喜。」

「看來你的確做到了。」計程車司機說。

「你用不著擺出那種臉，我的姑娘，」奶奶好像當計程車司機不存在似的說，「我是來幫忙的，幫你們大家解決問題。」

她把海克特從包包裡放出來，原來他是一隻哈巴狗。他用扁平的黑鼻子嗅完一朵長在院子小徑裂縫裡的蒲公英後，貼著前廊牆壁抬起一條腿，然後快步走近門廳，小爪子在瓷磚地上敲出踢踢場場的聲音。原本一直坐在最底下一層階梯上舔腳爪的煤灰，突然把尾巴蓬得像一支老式的雞毛撢子，一溜煙的向後門口衝過去。

「我不是你的姑娘，」我對她說，「我也沒什麼問題需要解決。」

她微笑著，好像我是一個說了什麼好笑的話而不自知的小小孩。

「你真的太像你母親了。可憐的親愛的史黛拉，願上帝讓她的靈魂安息。」她停頓了片刻，把一隻手放在我肩膀上，滿臉由衷的悲傷。可是持續不了多久。「至於你呢，」她轉向計程車司機說，「就勞駕你幫我拿一下這些箱子吧。」

「親愛的，我可不要。」計程車司機又打了一個噴嚏。

「如果你想要我付錢的話，你就得拿。」她說。他嘟嘟囔囔的拾起那些箱子，拎進了門廳。

「倫敦。」她尖刻的說完，一陣風似的經過我身旁走進屋子裡，留下一股濃郁的花香調香水味。「你知道你們前面牆上有一些不雅的塗鴉嗎？而且字還拼錯了。」我有點納悶她到底希望我怎樣。把它擦掉？還是拿一罐噴漆出去更正？

＊　＊　＊

不過短短十分鐘，奶奶就像已經在這裡待了一輩子一樣。她在廚房裡忙東忙西的，一下泡茶，一下又從她諸多箱籠的其中一個拿出狗餅乾餵海克特吃，同時嘴巴念叨著爸爸和老鼠什麼時候會回來，順便抱怨房子的狀況：門廳潮溼，地板有蛀蟲，廚房打從盤古開天以來就沒整修過，院子像婆羅洲的叢林。我從陽臺窗戶往外看，外面比之前更荒涼了。套句房屋仲介的說法，夠成熟，是熱愛園藝者的一大挑戰。

仲介商那時滿懷希望的看著爸爸，爸爸說，那我們最好期待小寶寶有綠手指了，是吧？（譯注：綠手指是園藝高手的意思。）

「這個嘛，我們喜歡這樣。」我說謊。

「這整個地方簡直就是被轟炸過的廢墟，珠兒，他們到底是被什麼東西迷了心竅，才會懷著一個隨時要出生的胎兒搬進這種鬼地方？」

「寶寶的預產期其實還有好幾個月。」所以要怪就怪她吧，這句話我沒說出口。

「沒差。」奶奶檢視著爐灶，那上面現在已經積了厚厚的一層灰。「天啊，我祖母也有一個這種東西。」

「我們幾個月前就該搬進來的，但事情接二連三的出錯。我不知道……貸款啦、勘測啦、這個那個煩人的事情。總之，媽媽說它只需要上點漆再打掃一下就行了。」其實媽媽說這話的時候，我告訴她，她可能真的瘋了，該去看看醫生。但在奶奶面前，我得保護她，因為她不在這裡，不能親自這麼做。

「是啊，她一向很有想像力。」奶奶不以為然的說。她隨後嘆了一口氣。「珠兒，你媽媽的事，我真的很遺憾。」

「你才不呢，」我說，「我知道你跟她之間的事。你恨她，所以你也用不著假裝難過。」

她搖搖頭。「不是這樣的，親愛的，真的不是。我們是有歧見，但我並不恨你母親。」

「你甚至從來就不希望她和爸爸結婚。你覺得她是個糟糕的單親媽媽。」

奶奶把兩杯茶放在桌上。「我是擔心，就像所有的母親一樣。」她用爸爸放在一旁老鼠用的溼紙巾，把我旁邊一張椅子澈底擦拭乾淨。「我只是希望亞歷克斯能幸福快樂。也許一開始我的確有所保留，但我看得出來，跟史黛拉在一起，跟你在一起，他很快樂，前所未有的快樂。」她終於坐了下來，把甜味劑倒進茶杯裡。「他愛她，也喜歡你。我從沒見過有誰寵孩子像他寵你一樣。我喜不喜歡史黛拉或她喜不喜歡我，都不重要了。」

她現在會說這種話了，是吧？我沒說什麼，只是盯著我的茶。海克特過來在我腳邊聞來聞去。他似乎已經非常賓至如歸了。我很好奇我們還會不會再看見煤灰。我要是能跑去院子裡躲起來，我也會這麼做的。

「好了，」奶奶明快的說，「現在不是談這些的時候。讓我好好看看你，寶貝。」

寶貝？

「上次見到你的時候，你大概才這麼高，還是個圓滾滾、胖乎乎的小傢伙。我那時都叫你『我的寶貝珠兒』，你還記得嗎？」

「不，」她把海克特抱到她腿上，我這才發覺在她的濃妝底下，她其實比看起來要老。她一臉的倦容。「我想你應該不記得了。天啊。」她坐在那裡凝視著我，陷入了沉思，一直看到我不自在了起來，非得起身假裝到屋子另一頭去找東西。

「親愛的，你實在太瘦了，」她終於回過神來說，「我得把你餵胖一點。晚餐來煮點什麼吃好呢？你以前最喜歡肉餡馬鈴薯餅的。」

我正要轉身抗議，就聽見前門響起了鑰匙的聲音，接著就是爸爸將那臺蠢嬰兒車費力搬進來的熟悉聲音。即使爸爸已經把五斗櫃移到了過道裡，還是得將它喬到一個特定的角度才進得來。

「他們回來了！」奶奶滿臉欣喜，甚至興奮得從她膝蓋上把海克特趕了下去，他劍拔弩張的蹲踞在她腳邊，抬頭看著她。爸爸走進廚房，海克特又開始粗啞的吠叫起來。

臉。

「哈囉，玫瑰。」她輕輕的說。

爸爸看著她們，臉上出現了好長一段時間以來我見過最開心的神色。他不在乎媽媽會怎麼想。他不在乎我怎麼想。

事實上，他們全都忘了我的存在。

* * *

那天晚上，奶奶把老鼠放在小床上安頓好之後，爸爸將媽媽書房裡所有的紙箱都拖出來，鋪開了沙發床。我怒氣沖沖的看著媽媽的書房變成了奶奶的房間，裡面擺滿了紫色皮箱裡拿出來沒完沒了的東西。

「對不起，媽，」爸爸說，「我知道這裡不是什麼豪華的住處。你來之前，我正在想辦法安排。我不知道這些東西要往哪裡擺。」

突然間，我不再憤怒了。

「噢，」我說，「我不介意放一些箱子在我房間。」

等確定爸爸和奶奶已經上床就寢後，我又把私人物品箱子裡的東西翻過了一遍，但

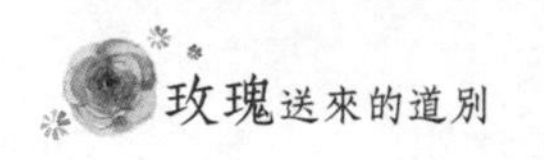

找不到跟詹姆士有關的東西。

我不想失望，但還是滿失望的。突然間，一個念頭閃過腦際。我把一直擺在床底下落灰的筆電拖出來，插上插頭，打開開關，然後坐在燈光下盯著螢幕。我幹麼那麼緊張啊？又沒做什麼該有罪惡感的事。我只是想找到一些關於我父親的事，這沒什麼不對，我又不是要聯絡他什麼的，我只是好奇而已，沒什麼大不了的。但我還是把一個紙箱推過去抵住門，免得奶奶闖進來。我已經看出來，當有什麼她反對的事即將要發生的時候，她是那種能有所感應的人。

我另外一個擔心是，媽媽會決定現身來多管閒事。

我打了他的名字——詹姆士‧蘇利文——並在還沒想出不要這麼做的理由前，就按下了搜尋鍵。下載花了好一會工夫：這裡的網路連線一向超慢。最後螢幕上終於亮出了結果，大約有八千兩百七十萬條。

噢。

我盯著螢幕在那裡坐了一會兒，覺得自己很蠢。這又不是什麼特別不尋常的名字，我早該想到會有成千上萬的結果，我要怎麼找出正確的那一個呢？我快速的翻過幾頁，有許多醫生、學生、律師、各種運動員，還有一個哲學講師、一個馴狗師，而網頁還無休無止的繼續下去。這些人分布在全世界，所以我又在搜尋處加上「英國」，想說這樣應該可以縮小範圍。的確是縮小了——到大約兩千一百五十萬條。而且我又想到，我根本不知道他是不是住在英國。他可能已經移民出國了，甚至可能不叫詹姆士了。他有可能叫傑米或吉姆或吉米，或者叫什麼蠢綽號或他的中間名字。我再繼續翻過幾個網頁，有年輕的，老的，還有已經去世的。如果他死了，媽媽應該會告訴我吧？但她會知道嗎？我突然發覺我根本不知道他們是否還有聯絡。

我坐著思索了一會兒，想要記起多年前我們談到他時的對話，徒勞的想從其中找出一些有用的訊息片段。

但我發現一無所獲。我只得去問媽媽。

八月

「別管我們，」奶奶愉快的對我大喊，一邊抱著老鼠在我腳邊吸地，而我坐在沙發上假裝看書，「我們馬上就好了，是不是啊，玫瑰小寶貝？」

她才來了三個星期，但感覺上像是一輩子，或更久。這個家已經幾乎面目全非了，所有的東西都被沒命的刷洗、漂白、擦亮。你放個咖啡杯在桌上，她一定嘖嘖有聲的把它拿起來，在底下放上一個杯墊。老鼠可以一覺睡到天亮。她「只是需要一點規律」，奶奶不斷的告訴我們，似乎對自己非常滿意。

「然後也許你可以幫我磨一些梨子泥給玫瑰午餐時吃，」她關掉吸塵器，「我的小寶貝肚子餓了，是不是呀？」老鼠對她咯咯笑了起來。我暗自為她的不忠而生著悶氣。

「也許你還可以試著餵餵她？」奶奶說。她買了一大堆有機蔬果弄成果菜泥給老鼠吃，她不是滴得滿臉就是濺得廚房地下到處都是。這整個過程光看就夠噁心的了，更別提要參與其中。

「我不行，」我趕忙說，一邊站起身來，「我還有事要做。」

但我正要上樓時，門鈴響了。

「珠兒，你去看一下好嗎？」奶奶喊道。

我打開門，門口站著的是莫莉，她看起來比之前黑，頭髮也更金。

「噢，珠兒，」她抱住了我，「你好嗎？好久不見了。我剛回來，覺得非過來看看你不可。真的好想念你。」

「哦，是嗎？」我懷疑的說，「當你在西班牙，在男友的豪華公寓裡度假的時候？」

「假期的確很棒，」她笑著說，「但我當然想念你。我每天都想到你。」

我們在門口站了一會兒。

「好了，」她說，「我不能待太久，還要回去照顧弟弟。我只是想來看看你和……」她停頓了一下，「我在想能不能跟小寶寶打個招呼。」

「喔。」原來這才是她來這裡的原因。

我當門站著，努力要想出一個她不能進來的理由，但就在這時，奶奶理所當然的抱著老鼠出現了，她說：「你一定是莫莉吧。珠兒告訴過我好多有關你的事。」這倒是真

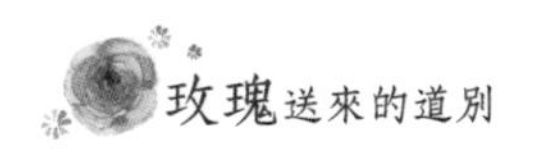

的，因為奶奶的審問技巧連英國祕密情報局和美國中央情報局都得向她拜師。她會一直疲勞轟炸到你為了打發她走而把什麼都告訴她。

「她是我奶奶。」我用一種莫可奈何的語氣說。但莫莉既沒有看我，也沒有看奶奶，她完全被老鼠震懾住了。

「玫瑰，」她虔敬的說，「噢，珠兒，她真是太完美了。」

「可不是嗎？」奶奶很高興終於找到一個盟友了。「進來呀，莫莉親愛的，來喝杯茶，好好看看她。我們正要餵她吃午餐呢，是不是啊，珠兒？」

我沒說話，只是尾隨著她們走進去，然後坐在那裡看她們笑著，輕聲逗弄著，把梨子果泥餵給老鼠吃。

「我可以抱抱她嗎？」她吃完後，莫莉問奶奶。

「當然。」奶奶說著把老鼠從高椅子上抱出來，輕輕放進莫莉的臂彎中。

「哈囉，玫瑰。」莫莉臉上散發出興奮與溫柔的神色。我就知道。老鼠咯咯的回應著她。莫莉抱著她走到窗前，把院子裡的小鳥和在風中輕輕舞動的樹葉指給她看。她和老鼠在一起看來如此的自在又快樂，我簡直看不下去了。我從桌上拿起奶奶的雜誌，努力把注意力集中在〈茄子的十五種做法〉上。

「我想我就不吃早餐了，」我說，「反正我也不餓。」我站起來往門口走。

「不行，」奶奶厲聲的說，「你不能不吃。」

「但你的成績單，」爸爸努力維持平靜的口氣，「你不想打開嗎？」

「不想。」

一陣停頓。

「也許是不想在我們面前吧，」爸爸鼓勵的朝我笑笑，「我完全能夠理解。這是很私人的事。你把它帶上樓去，準備好了再告訴我們。」

「不是這個問題，」我說，「我只是不想知道。」

「聽著，」爸爸走過來握住我的手，「你別擔心。我們都明白先前那段時間對你有多艱難，你考試那時候正承受著多大的壓力。沒有人會對你失望的，寶貝。再說總是還有補考。不管成績如何，我們都會以你為榮。」

「我並沒有擔心，我只是不在乎。反正有什麼要緊的？」

「你這是什麼意思？」奶奶說，「它當然要緊。」

「好，」我厲聲說，「如果它對你那麼重要，那你打開啊。」

「我們不能這麼做。」爸爸說。

「噢，我們可以。」奶奶說著一把搶過桌上的信封，以免我改變主意。

「你們就去看吧，請便，不要客氣。我要去沖澡了。」

我踩著重重的步子跑上樓，正要關上浴室門時，聽見樓下傳來了尖叫聲。

「珠兒！」奶奶興高采烈的往樓上喊，「珠兒？我想你會想要看看這個，寶貝！」

我關上浴室門，又上了鎖。

我洗頭正洗到一半，突然從馬桶那邊傳來一聲很大的噴嚏聲。我嚇了一跳，一轉身，透過汙漬斑斑的泛黃浴簾，我看見了媽媽模糊的身影。

「忍不住，」她說，「只是順便冒出來一下恭喜你考得不錯。」

我不由自主的笑了。「我都還不知道自己的成績呢。」

「不過以樓下那種興奮和狂喜看來，我猜你沒有全部考砸。」

「大概吧。」

「奶奶或許正忙著在想，你是個天才全都是拜她所賜呢。至於一些小小的細節，像是你四歲以後就沒再見過她，以及你們並沒有任何血緣關係，她是完全不理會的。」

「所以你知道她在這裡了？」我還是不清楚，對於媽媽每次現身之間發生的事，她知道得是不是比我透露給她的還要多。我還一直在想，我可能必須懷著半是害怕半是期待的心情，把奶奶來訪的噩耗告訴她；能有一個對抗奶奶的盟友總是好的。

「噢，是啊，」媽媽用一種玩膩了的口吻說，「我認得出那無所不在的香味，老是會讓我——」她突然停住，又打了一個噴嚏。這是真的，奶奶那濃重的花香調香水味似乎彌漫在整棟屋子裡，就連我房間裡都不時聞得到，也許是因為她趁我偶爾不在房間裡的時候，堅持要進來打掃的緣故。我一直揚言要在門上裝一個鎖。「而且老實說，你幾乎不可能不注意到她的，是不是？我都忘記她嗓門有多大了。他們遠在愛丁堡說不定都還聽得見她的聲音哩，可憐的傢伙。」

她講起這整件事時興高采烈的口吻真讓人失望。

「我還以為你會暴怒的。」

媽媽嘆了一口氣。「聽著，我並不是說我很開心。但爸爸要上班，你又很快就要回學校了，總得有個人來照顧玫瑰，是不是？」

我知道她說得沒錯，但她沒有更氣奶奶和爸爸，還是讓我不由得感到失望。

「你說得倒輕鬆，」我抱怨著，「你又不必跟她住在一起。她簡直是一場噩夢，一天到晚數落我。」我盡量模仿她那慢吞吞的優雅蘇格蘭腔說，「你這種年紀就該出去玩個痛快，而不是悶悶不樂的在家裡閒晃。你該多吃一點。你該交個男朋友。我在你這個

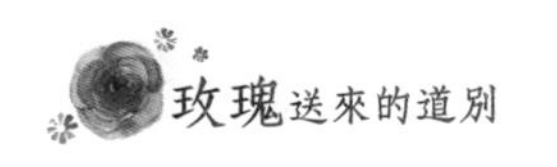

年紀的時候，你爺爺，願他靈魂安息，和我已經在談戀愛了。她真是搞到我要發瘋。」

她還老是指使我幫玫瑰做這做那。噢，珠兒，你可不可以幫我抱她一下，我去下洗手間？或者，你可不可以接手餵餵她，讓我去做晚餐？而老鼠一被塞進我懷裡，一定號哭到無法安撫。噢，你看，玫瑰好愛她的大姊姊呢。奶奶總是難以置信的說。但這些我都沒對媽媽提起。

「噢，天哪，」媽媽大笑，「可憐的你。我真同情你，珠兒，真的。但玫瑰必須放在第一順位來考量。」她斬釘截鐵的說，「我知道你能諒解的，寶貝。」

我震驚到說不出話來。而我太感謝有這道浴簾了，這就表示她看不見我臉上的表情。

「好了，咱們別浪費時間談奶奶的事了。今天是你的好日子，我太以你為榮了。我就知道你做得到。」

我沒說話。

「拜託，你可以試著稍微興奮一點嗎？」

「這要緊嗎？」

媽媽不以為然的臉出現在浴簾的邊上。

起來的衣服，外面罩了媽媽一件被蛀蟲咬過的舊毛衣。那女人看著我，好像想要弄明白我是來參加派對的，還是要向她推銷一些她不想買的東西。

「我是莫莉的朋友，珠兒。」

「噢，是，」她對我閃現出一口潔白的牙齒和唇彩，「太好了。我是莎拉，拉維的媽媽。請進，請進。大家都在花園裡。」她等在門口迎接一輛靠邊停下的四輪傳動車裡的客人。

拉維家裡有許多厚厚的奶油色地毯、光亮的地板和插在花瓶裡的切花，整體非常的Hello!風格。（譯注：《Hello!》是英國一本專門報導皇室和名流新聞的週刊。）我想像著在一張照片中，莫莉和拉維坐在一張古董沙發上，也許四周還圍繞著幾個孩子。莫莉、拉維和三胞胎邀請我們到他們的雅居。這個念頭混合著伏特加，讓我咯咯傻笑了起來。我希望光鮮亮麗的微笑莎拉不會聽見，這又讓我笑得更厲害了。

房子的後面整個敞開通向一個陽臺，俯瞰出去是一個巨大的花園。花園裡有一個搭著帳篷的吧臺區，並且正進行著專業級的烤肉。有身穿制服——真正的制服——的人正在給漢堡翻面、為客人送上飲料。這個派對是如此的高級。花園的另一頭有一個樂隊正在演奏可怕的音樂，樹上掛著彩色小燈，地上插著巨大的蠟燭狀的東西。有好多好多人，有些顯然是拉維的朋友，另外有些看起來像是親戚，叔叔阿姨什麼的。那些人我一個也不認識，這也滿好的。我又從我的瓶子裡喝了一大口酒，然後把它藏回包包裡。

「哇，」媽媽在我背後說，「這可真高檔啊。」

「是啊，」我說，「我本來還以為是大家在浴室裡喝啤酒然後嘔吐的那種。」

「噢，好吧，」她說，「我是不會抱怨的啦。你就好好去玩吧，盡情開心一下。如果你已經在喝伏特加了，免費酒就少喝點。你不想在莫莉的上流社會男友家出洋相吧？」

我步下陽臺階梯，往吧臺的帳篷走去。

莫莉向我跑來，給了我一個擁抱。「我好開心你來了。我還以為你可能不來了。」

「這真不是我期待的派對。」

「來吧，」她拉著我，「喝點什麼，然後來跟我跳舞。拉維得跟所有的親戚說話，忙得不得了，我幾乎一整晚都沒見到他。」

「我會喝點東西，但跳舞免談。」

「好，」她說，「那我們就來聊天吧，好好說一下別來近況。」

我們看見稍遠處有些椅子，就過去坐了下來。

一座迎面而來的郵筒。

「我沒跟她道別。她『另有要事』，」我想用手指比出引號的樣子，但結果只把伏特加灑了滿腳，「說不定根本沒注意到我走了。」

「她對這個拉維好像非常認真。他應該不至於那麼糟糕。」媽媽說。

「這個嘛，莫莉顯然不認為他糟糕。比起跟我，她寧願跟他在一起，那也沒關係。」

「呃，你近來並不太……友善，不是嗎？」

「噢，所以這都是我的錯囉？」

「我沒那麼說。」

「比起我，她甚至更喜歡他媽媽。他媽媽耶。」

「你覺得你應該喝那個東西嗎？」

「是的。」

我決定不如把那瓶伏特加喝完算了。

「只是你已經有點……」

「怎樣？」我想瞪她一眼，但眼前好像有兩個她，而我無法決定到底要聚焦在哪一個上面。

「微醺？」

「我沒有。」

「好吧，那你為什麼一直走進樹籬裡去呢？」

「我才沒有。」

「有，你有。」

我們繼續走了一會，我努力集中注意力想走成直線，但不知怎的，路面老是斜斜的把我往別人的花園裡送。

「我是故意的。」我說。

「當然。」

「反正現在也喝完了，」我小心翼翼的把酒瓶放在一根燈柱旁邊，「給你。」

「你幹麼要跟燈柱說話？」

「我也不知道。」我不可扼止的狂笑起來。

「噢，珠兒，」她說，「在你睡著或嘔吐之前，拜託專心點想辦法回到家，好嗎？」

「我覺得完全沒問題，」我說，「反正也不遠了。」

我的聲音聽起來吵鬧而煩人，所以我就不說話了。我只是繼續走啊走，走啊走。路途似乎比來時要遠得多。現在很冷了，天色也很暗，只是還有路燈和汽車車燈，以及夜間公車呼嘯而過，所以並不是真的太黑。不過也夠黑的了。我想要回家，我想躺在自己床上。我還在打嗝，這真讓我開始覺得不勝其煩。不管我多努力專心想把一隻腳放在另一隻腳前面，我還是不斷的往一邊斜過去，而專心不要跌倒則讓我的頭痛了起來。

「你還好嗎？」媽媽問。

我想要說是的，但說不出口。

「真的沒多遠了，」她說，「你可以的。」

我的牙齒拚命打顫，腿也差不多罷工了。但就快到了，就差那麼一點點……

「稍微休息一下吧。」我喃喃的說。

我在人行道上躺下來，臉頰底下的路面感覺粗糙而冰冷。我就像坐在露天遊樂場的遊戲機上一樣，所有的東西都在旋轉。但我喜歡貼著我臉頰的冰冷石頭，它讓我不再感覺想吐了。噢，是的，我真的很想吐，但如果睡著的話，作嘔的感覺就會消失了……

「不行，珠兒，繼續走，你就快到家了。你不能睡在這裡。想想看睡在自己床上會有多舒服。」

「這裡很好。」

我閉上眼睛，感覺所有的東西都開始逐漸消失。

「不，這裡真的不好。」媽媽的聲音很尖銳，讓我清醒了一下。「想想看，柔軟美好的枕頭，安全美好的家。沒有壞人會來占一個灌飽伏特加的青少年的便宜。快，珠兒，你能做到的。」

我想抬起頭，但好像有人用強力膠把我的臉黏在人行道上了。

「有一點……」我閉上眼睛，「對，很好，多謝。」

「不行！張開你的眼睛。」

我努力嘗試，但太費事了。所有東西都模糊了，然後漸漸消失，最後只剩一片黑暗。

＊ ＊ ＊

有人在對我說話，但聲音非常遙遠，我聽不見他在說什麼。

然後有一隻手臂環住我的腰，把我拉起來讓我站直。

「不要。」我想說，但只發出一些模糊的聲響。

「你沒事的，」那聲音說，「靠著我就好。」

我依言照做，那身軀感覺十分強壯。

「試著走一走，我會幫助你。」

我們沿著馬路蹣跚的走了一會兒，轉過一個彎，我一直在發抖。

「不是，」我說，「你不是媽媽。」但我的嘴無法好好運作，就好像想在夢裡說話一樣。所有的東西都不對勁了。

「我要吐了。」我說。

「好，試著湊在水溝上。」

我彎下腰去，乾嘔起來。我的胃裡沒什麼東西，只有酒和稍早喝的一點蘋果汁，但我身體不斷的痙攣，直到全都吐了個乾淨為止。旁邊有隻手幫我抓住頭髮，不讓它們垂到我臉上。有液體順著下巴往下滴，我蹲下來，風吹涼了我的臉頰。我的視線清楚了一下，隨後又模糊了。

「來吧。」

那雙強壯的手臂又把我拉起來。

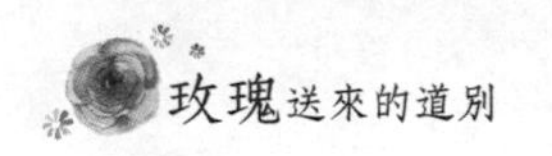

「沒問題的，」那聲音說，「沒多遠了。」

有人在哭。吵鬧、可怕又空洞的哭聲。

「沒事的，珠兒，」那聲音說，「別哭，我們就要到家了。」

「你不是媽媽。」我想說。

「上臺階。」

「我沒辦法。」

「你當然可以。我來幫你……很好，就這樣。」

然後出現了家門口和明亮的燈光，還有爸爸的聲音：「噢，天啊！珠兒！老天爺，她還好嗎？」

然後——

一片空白。

＊　＊　＊

我躺在床上，頭抵著一個硬硬的東西，後來發現那是一個洗碗用的盆子，裡面有嘔吐物。陽光穿過窗簾的縫隙照進房間裡，我想坐起來，但頭部一下一下砰砰的痛得厲害，我必須再躺下去，拉起羽絨被蓋過頭來裝死。

「你用不著說話，珠兒，我知道你的感覺。」透過羽絨被，媽媽的聲音聽起來有點悶悶的。而且對於一個本應關心我健康狀況的人來說，她的聲音也快活得有點離譜。

「不，」我用嘶啞的聲音說，一邊把被子拉下去，這樣才能看見她，「你才不知道。」

「噢，是的，我知道。在這方面我有很多經驗，相信我。」她坐在我床上，仔細的看著我。

「我的頭——」

「啊，對，你的頭。感覺像是在腦葉切除手術中途醒過來，我說得對不對？痛到受不了？」

她熱切的看著我，但我無法說話，我的頭也動不了。

「還是比較像重擊？感覺就像有人從裡面給你的腦子打氣，而它就要爆出你的腦袋？」

我努力想點點頭。

「不行！」她大叫一聲。「對不起！」她放低音量，並在我一哆嗦時笑了起來。

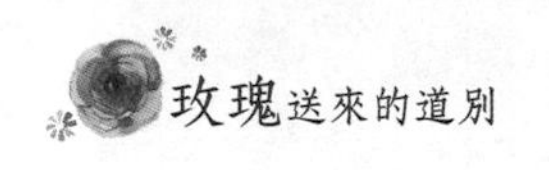

「不管在任何情況之下，都不要動你的頭，否則後果不堪設想。」

「我感覺……」

「屋子好像在轉？也許在搖擺？升起一股噁心的感覺？」

「剛才還不會的，但現在……」

「會過去的。說不定。最好能吃點東西，碳水化合物。煎個蛋或培根什麼的是最理想的，如果你受得了的話。」

我抓過盆子開始作嘔。嘔完之後，往後倒回床上，熱淚斜斜的流進耳朵裡。

「啊，對，自我厭惡，混合著一點自憐。沒錯，典型的宿醉症候群。我記得很清楚。身心兩方面的痛苦。」

「可以拜託你——」我住了口。說話實在是太費力了。我閉上眼睛。

「什麼？任何事，你說我就做。」

「拜託，別再說話了。」

說句公道話，她還真做到了，雖然她並沒有走開。我可以感覺到她還在屋裡。

「你好像滿生氣的，」過了一會兒，她試探性的說，「昨天晚上。」

我突然發現我完全不知道自己是怎麼回來的。我記得的最後一件事，就是看見莫莉和拉維在舞池裡，兩人搖晃著消失在夜色中。之後，是一片完全的空白，除了……現在回想起來，或許我的確記得一些事。某人的哭聲……還有一些說話聲。爸爸——是吧？還是奶奶？她不肯停下來。你聽得清楚她在說什麼嗎？我想是跟史黛拉有關的什麼。珠兒，沒關係的，寶貝，我們在這裡……

「珠兒？」媽媽說。

「你在說話了。」我閉著眼睛說。

我躺在那裡，突然想到我穿著自己的睡袍。是我自己穿上的嗎？還是爸爸或奶奶得幫我穿上？我想像一下那個畫面。噢，天啊，我簡直羞愧到無地自容了。

我翻身側躺，然後一定是睡著了，因為下一件我知道的事就是我又醒來了。我很想去上廁所，但無法面對把自己直立起來的挑戰。所以我就躺在那裡，想著自己到底還會不會再次像個真正的活人，同時也試著拼湊昨晚模糊的記憶。

終於，我聽見了開門的聲音。

「珠兒？」

是爸爸。

「嗯。」我在被子底下咕噥了一聲。

我聽見他走過來，把什麼東西放在床頭櫃上。

「這裡有一杯水、一片維他命C和一些止痛藥。你覺得怎樣？」從他的聲音裡，我聽得出來他無法決定到底要生氣還是為我難過。

「不好。」

他在床上坐下來。「你真是運氣太好了，珠兒。要是芬恩沒有發現你——」

「芬恩？」

「他發現你躺在人行道上幾乎不省人事。你不記得了嗎？」

「不記得。」不過發現我的會是他，這也並不意外。我知道應該慶幸，發現我的不是強暴犯或殺人犯什麼的，但為什麼這個芬恩老是在最糟糕的時刻出現？當然不是說我在乎他對我的觀感啦，我只是寧願不要建立起一個「危險的瘋子」這樣的聲譽。

「你有可能會失溫，或者更糟糕的，說不定會被某個不懷好意的人發現。你到底在想什麼？」

我沒說話。

「我很擔心你，珠兒，還有奶奶也是。你都不跟朋友見面了。你太瘦了。還有你顯然非常不快樂——」

我真的得回樓上去再睡一下。或許只是因為宿醉才讓我有這種感覺。

正當我想要找出站起來的力氣時，門鈴響了。

「噢，太好了，」奶奶說，「應該是莫莉。」

「什麼？」她是我最不想見的人。

「是啊，她稍早打過電話來，很擔心你。我說你平安到家了，但我也跟她說，我知道你會很高興見到她。」

她意味深長的看了我一眼，我還來不及跟她爭執，就聽見爸爸去開了門，莫莉直接走進了廚房。

「嗨，」她說，「你昨晚就不見了，我好擔心。我只是過來看看你好不好。」

「我很好。」我覺得自己大概有兩百歲那麼老。莫莉看起來完美而清新。

「太好了，那我就放心了。」她往老鼠那邊看過去。

「哈囉，玫瑰。」她微笑著說，老鼠興奮的向她揮舞著調羹。

「來吧，」我急著想把她從老鼠身邊拉走，「我們去樓上。」

我們進到房間後，就只是尷尬的默默坐在那裡。

「你確定你真的沒事嗎？」她說，「你在生我的氣嗎？」

我看著她。「你父母分開的事，為什麼不告訴我？」

「我不希望你擔心。」她擠出一個微笑說，「爸爸媽媽的事，我相信他們自己會處理。現在只是暫時這樣。爸爸只是需要一點空間冷靜一下而已。你知道我家是什麼樣子的，那些男生還有那隻該死的狗擠在一間小公寓裡，任誰都會被逼瘋。我媽又老是上夜班，這對他們的事一點助益都沒有。」

「但你都沒告訴我，卻告訴了拉維。」

「你自己的事就夠多了，如果向你抱怨我的問題，感覺好像不太應該。再說……」

她停住了。

「怎樣？」

「算了，沒什麼要緊。」

「很要緊。」

莫莉遲疑了一下。「你這一陣子都不想跟我說話，既不談你媽媽也不談玫瑰。我以為……呃，我們不是一向無話不談的嗎？」

我想起這些年來我們一起分享的點點滴滴，無聊的蠢笑話，難以啟齒的祕密。

她深深吸了一口氣。「我只是覺得，如果我能找到一些對的話來說，或一些對的事

「他在院子裡。」

我嘆了一口氣。芬恩從昨天開始工作，到目前為止，我一直滿成功的避開了他。我知道我該謝謝他那天派對之後送我回家，但一想到那件事就覺得太丟臉了。我把自己從沙發上強拉起來，一路低著頭快步走進廚房，希望他正忙著刷油漆，別注意到我。

「哈囉。」他從梯子頂端叫道。

「嗨。」我咕噥了一句，努力不去想他上回見到我時，我醉到連路都沒法走。我抓起小桌上的溼紙巾就往門口走。

但在最後一刻我轉過身，我的良知戰勝了我自己。

「謝謝你送我平安回家。我是說之前。」我感覺自己臉紅了。

「不客氣。」他把滾筒放進漆盆裡，笑著說，「第二天你的頭還好嗎？」

我露出一絲笑容回應他。「不太妙。」

他爬下梯子。「你那天……很生氣，」他遲疑的說，「非常生氣。你記得嗎？」

我搖搖頭。

「你好像馬上就要去念音樂學院了？」我改變了話題，「我聽過你在桃西家拉琴，拉得很棒。」

「謝謝，」他看起來有點不好意思，「對，我下星期就要去了。」

「學生們不都應該趁暑假去印度當背包客什麼的嗎？你怎麼到這裡來了？」

「我沒錢去印度當背包客。」他說，「外婆最近身體不好，她家裡和院子裡有些活需要做，問我願不願意過來住一陣子幫她做事，她付我錢。反正總比在家好。」

「為什麼？」

「我爸媽在一個很偏遠的地方開民宿。我要是在家的話，一整個暑假就得耗在鋪床洗廁所上面了。我想到倫敦來還比較刺激一點。」

「結果有嗎？」

「這個嘛，我一個人也不認識，也沒錢去任何地方，」他笑著說，「但總比在家洗廁所好。」他停頓了一下，「真可惜我們沒早點認識。」

我笑了。

「呃，你現在認識我啦。算是吧。」

「我想應該算是吧。」他說。

「對了，你頭髮上沾到油漆了。」我一邊出去一邊笑著說。然後我把溼紙巾拿上去給奶奶。

好好排隊了，不管是在……天堂，或……隨便哪裡，」我翻過來用手肘支起上半身好好看著她，「就是你去的地方。」

她從太陽眼鏡上方看著我。

「珠兒，你到底覺得人們幹麼要在天堂排隊？出於興趣嗎？」

「哈！所以天堂的確存在了？」我洋洋得意的說。

「我可沒這麼說。」

「那麼它不存在？」

「我也沒這麼說。好了，你現在不是應該在學校嗎？」

「不，」我說。我只是碰巧錯過了跟學校輔導老師的約。我真的差點就要去了，純粹為了讓爸爸、奶奶和學校不要來煩我。但正當我沿著走廊走過去時，突然間覺得這似乎不是什麼好主意。天氣那麼好，我隱約有種感覺，要是我到公園裡去躺在太陽下，也許媽媽就會出現。「升上高中後一切都不一樣了，」我告訴她，「有很多空堂什麼的。」

「瞭。」

我無法抗拒的又躺回了太陽下。草地很涼，搔得我脖子癢癢的。我閉上眼睛，感受著眼皮和顴骨上的溫暖。我翻身側躺，用手肘支起上半身來看著媽媽。

「那麼關於天堂……」我又開始了。

媽媽嘖了一聲。「珠兒，我告訴過你，我不談這個。」

「我不是在問它長什麼樣，我只是在問它存不存在。」

「好，可以，但別問我。去問問那個什麼神父，幫我主持告別式的。去問問史蒂芬・霍金。（譯注：Stephen Hawking，英國著名物理學家，曾經探討宇宙和生命的起源。）然後你再自己決定。」

「我是說，我知道不可能有天使啦、豎琴啦、蓬鬆的雲朵啦等等那些東西……」

「啦—啦—啦—啦—」她用手指塞住耳朵，「我聽不見。」

「但如果不是像那樣，」我不屈不撓，「那會是哪樣呢？」

我盡量顯得漫不經心，好像只是自己在思索，但我在仔細的觀察她，看看她的反應是不是透露出什麼。她惱怒的揮打著一隻繞著她鼻子嗡嗡作響的蒼蠅。

「而它又在哪裡呢？」我若有所思的說，「我是說，它顯然不可能在上面天空裡吧？還是可能？」

但她沒有回答。

跟你討論這個的。」

「所以就這樣了，是嗎？」

「沒錯。」

「好，」我說，「我自己去查個清楚，用不著你幫忙。」

我爬起來走開了，留下她一個人躺在草地上。

＊　＊　＊

我直接回家，一路想著該編什麼理由告訴奶奶我為什麼那麼早回家。但我到家時，發現她帶老鼠出去了。整棟房子空蕩蕩的。我上樓進到自己房間裡，打開床頭櫃抽屜，裡面有媽媽和詹姆士的照片。他現在是誰呢？住在哪裡？媽媽知道嗎？也許他們已經完全失去聯絡了。但不太可能。媽媽曾經說過，要是我任何時候想要跟他聯絡，我們可以商量。她一定在哪裡還留著他的地址。但紙箱裡什麼都沒有。這時我突然靈機一動。她的電腦還在奶奶房間的桌子上。

我溜進奶奶房間，一邊留意傾聽大門口的動靜，一邊告訴自己，我並沒有做任何不對的事。我打開電腦，找到她的通訊錄。太好了！找到他了。詹姆士・蘇利文。他住在哈士丁——那不是在海邊嗎？——如果這還是他的地址的話。我匆匆把它寫下來，然後關上電腦。

我沒說錯。我不需要媽媽的幫忙，只要我想，憑一己之力就能找到他。

＊　＊　＊

「別老盯著那男孩傻看了，去把這杯茶拿給他。」奶奶說。

我站在廚房水槽前洗碗，不管我多努力克制，最後還是發現自己的目光不斷飄向芬恩。他正在院子裡工作，一頭黑髮從破舊的呢帽下露出來。他的T恤貼在背上，隨著挖掘的動作，我可以看見他肩膀的肌肉在恤衫底下蠕動。我趕緊低頭看著正在清洗的盤子，沖掉上面的泡沫，小心的將它放在濾水架上。但我的目光又飄向了院子，飄向他，飄向貼在他脖子上的鬈髮，以及他用鐵鍬翻土時緩慢的動作節奏。

他已經刷完了廚房的油漆，也砍除了垂掛在落地門和窗戶上的紫藤。現在那裡不再陰暗，變得明亮又通風，陽光也照得進來了。爸爸說服他在離開之前把院子也整理一下。桃西給了我們一大堆她院子裡的種子、球莖和插條，芬恩要在明天離開之前種下一些。

我正看著芬恩時，他轉過身來面向屋子這邊，好像可以感覺到我落在他身上的目光。他沒有揮手，只微微點了個頭，又回去繼續他的工作。我趕緊抓起另一個盤子浸到肥皂泡泡裡，感覺好像每次做這種事都被他逮個正著。

「我才沒有盯著他傻看，」我對奶奶說，「我只不過站在窗子前面，而他剛好在另一邊而已。我根本沒辦法不看見他，除非你要我蒙住眼睛洗碗。」

「真是此地無銀三百兩。」奶奶賊賊的笑著說，「你就把茶拿給他吧，好嗎？」

＊　＊　＊

芬恩全神貫注的在工作，完全沒注意到我。

「我幫你拿了杯茶來。」我紅著臉說。

「噢，」他從我手中接過茶，「謝謝。」

我等著他再多說點什麼，但他沒有，只是喝了一口茶就放下杯子，接著拿起一支靠在牆上的耙子，用它在泥土地上挖出一條淺溝。

「你在做什麼？」我問。

「這是條播溝，」他像是在對小孩子解釋般，指著他在泥土上挖出來的凹槽，「我現在要把種子種在這裡。小時候我常跟奶奶一起做這個。」他打開一包種子，抖出一些在手心裡，然後用另一隻手，一次捏一小撮撒在土壤中。

「小時候，總覺得這像變魔術一樣。」他說，「我們把這些小小的種子埋在土裡，等下一次學校放假我回來的時候……」他舉起一包種子，上面有一張圖片，是一大片紅色和橘色的花海。

我看了看那些乾燥的灰色種子和黑色的泥土，再回頭看看圖片中那些亮麗的花朵。

「對我來說還是很像魔術，」我笑著對他說，「你是個魔術師。」

我走回屋子的時候，他在背後喊道：

「你要不要——」他停住了。

「什麼？」我轉身面向他。

他沒看我的眼睛。「等下你要不要一起出去？今天是我在這裡的最後一晚了。」

「噢，」我說，「我不行耶，真抱歉。」我沒來得及阻止自己，這些話就脫口而出。

他看起來很困惑，又有點不好意思。「噢，好吧，只是問問。」

「對不起。」我又說了一遍，然後轉身匆匆走進屋裡，兩頰滾燙。

* * *

廚房裡，奶奶看來很開心。我知道她剛才一直在看我。

「怎樣？」我最後說，注意力並沒怎麼放在她身上。我還在想著芬恩。

「噢，沒什麼。」她口是心非的說。她衝我微笑了一下，好像我們在分享一個祕密。「真討人喜歡的男孩，是不是？」

「你說是就是吧。」我給自己倒了一杯水。

「而且馬上就要去一間頂尖的音樂學院了，你爸說的，」她把垃圾拿出去時回頭對我喊道，「拉大提琴。」

「喔，好吧，」我對坐在小椅子上啃拳頭的老鼠做了個鬼臉，「那他肯定是個好人了。」

老鼠發出了咯咯的聲音。

然後她衝著我笑了。

她笑了。對我。她整個臉都不一樣了。她看起來像個人。她很快樂。

因為見到我而快樂。

我站起來看著她，感覺像是有什麼東西壓在胸口，我無法呼吸。

「別笑了。」

我想對她大吼，但結果只輕聲的說了一句，「別笑了。」

我忘記手上還拿著一個玻璃杯，它從手中滑落，掉在石頭地板上砸得粉碎。杯子碎裂聲嚇到了她，她開始大哭。我看著她的笑容消失，小臉脹得通紅，皺成一團。我跪下去撿碎玻璃，手在發抖。

我把玻璃碎片放在桌上的一張報紙上，一股鮮血隨之滴了下來。這時我才驚覺我的手有多痛。我打開手掌，上面滿是鮮血。

＊　＊　＊

爸爸下班回家後上來看我。很晚了，我已經上床睡覺了。「奶奶說你割到手了，很嚴重。」他看起來很焦急，「她說你應該去醫院縫一下的。」

「沒事，」我朝他揮揮裹著繃帶的手，「她老是大驚小怪。」

他在床上坐下來看著我。

「怎樣？」

十月

「珠兒，我可以跟你說句話你再走嗎？」

莫莉和其他同學魚貫走出教室時，S太太笑著對我說，而我也想努力回她一個微笑。我隱約知道她為什麼想找我說話。

「我真的很高興你決定繼續選修英文，」她說，「到目前為止你覺得如何？」

「還不錯。」我說。

「家裡現在都還好嗎？你的小妹妹也好嗎？」

「是的。」

「那你呢？珠兒，你好嗎？」

「好啊。」我說。

「你確定嗎？」

「當然。」

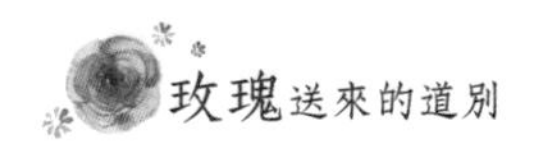

「但我們才開學幾個星期而已，你已經缺席好幾堂課了。我在想是不是有什麼問題？」

「沒有啊，」我的腦筋飛快的轉動著，「我只是得幫忙照顧小寶寶而已。」

「但你爸爸告訴學校，現在是你奶奶在照顧她，不是嗎？」

「沒錯，」我說，「但她滿老了，對她來說有點吃力。」

我想像著要是奶奶聽見我說這話會有什麼臉，努力忍住不笑。

「我明白了。」S太太說，「儘管如此，要緊的是你別再缺課了，珠兒，你耽誤不起。」

「我知道。」我說。

「說到你自己，你覺得自己的情緒調適得還好嗎？」

「很好啊。」

她用銳利的眼神看著我。S先生過去常說，你很難騙過我太太的。相信我，我最清楚了。

「好吧，」她說，「要是你想要談任何事情，你知道上哪裡去找我。」

「我得去上下一堂課了。」

的小外套裡。

桃西來開門時，我大吃了一驚。她看起來好瘦、好疲憊，皮膚幾乎是半透明的。但她看見我時笑了，她的眼睛還是一如往常般明亮而湛藍。

「珠兒！」她說，「還有小玫瑰。多棒的驚喜啊！」

她引我們進去。我泡茶時，她坐下來逗弄著坐在她腿上的玫瑰。

「你要搬家了。」我說。

「是啊，」她說，「恐怕最後非得如此了。我身體不好，這個房子太大，我打理不了。過完聖誕節，我就要搬進安養中心了。」

「我真覺得很遺憾。」我說。

她悲傷的笑笑。「我也是。」

「芬恩還好嗎？」我盡量用漫不經心的口氣問道。

「噢，他很好，」她說，「過得很開心。」

我努力擠出一個微笑。「太好了。」我等著，希望她會說他很快就要來看她，或是他曾經問起過我，但是她沒有說。

我們沒待太久；我看得出來桃西很累。

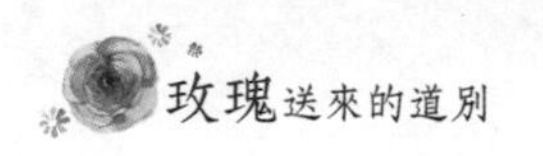

「她真的長大了好多，」她在門口把老鼠還給我時說，「她長得很像你，你知道嗎？」

「像我？」

「是啊，」她笑了，「你看不出來嗎？」

「看不出來。」我說。

＊　＊　＊

「莫莉的電話。」爸爸在樓下喊道。

我很驚訝。我以為期中假時她要去看拉維，也以為她已經放棄打電話給我了。

「她聽起來有點難過。」爸爸把電話遞給我時小聲的說。

「你等下可以在公園跟我碰面嗎？」她說。

「噢，」我想找個藉口不去，「我不確定耶。」

「拜託，珠兒，我需要跟你談一下。」

我的心往下一沉。但她聽起來非常急切，再說反正奶奶一直不停的念我，說我老是一個人待在房間裡。這樣不對，像你這種年紀的女孩就該跟朋友出去，開開心心的玩耍，不能整天垂頭喪氣，啥事也不做。至少這可以讓她別來煩我了。

＊　＊　＊

莫莉在大門口等我。她兩眼通紅，臉上有淚痕，見到我也沒有笑。

「我們去喝點東西好嗎？」我說。

她搖搖頭。「我寧願走一走。」

太陽已經西斜，空氣變冷了，但我們還是把手插在口袋裡，沿著小徑走下去。小徑兩旁矗立著高大的樹木，紅色橘色的樹葉在夕陽映照之下一片火紅。我們的影子在我們身前拉得又細又長。

我等著莫莉開口，但她什麼也沒說。一定是拉維跟她分手了。我知道不該這樣，但還是忍不住覺得開心。他從來就不適合她。我們繼續往前走，走下山坡，走過鞦韆，我們呼出的氣息凝成一片白霧。

「你記不記得我們小時候常來這裡？」我們走到划船的湖邊時，莫莉停下腳步說，「夏天的星期天下午，爸爸媽媽會帶我們到這裡來，或帶我們到上面的室外音樂演奏臺那邊吃野餐。」

「是啊，我記得。冬天我們就在公園草地上放風箏，然後去賣茶的亭子那邊喝熱巧克力。好像是很久以前的事了，不是嗎？」

莫莉沒有回答；我看看她，發現她的眼睛裡有淚光。

「怎麼了，莫莉？」我盡量不要顯得很不耐，「拜託別告訴我是拉維。要是他跟別人跑了，那這個世界上真沒有天理了。」

「不是！」她顯得很震驚，「當然不是。他永遠不會做出那種事。」

但她的眼淚還是不斷湧出。

「噢，天哪，」我說，「你該不是懷孕了吧？」

「不，不是。」

「那到底什麼事？」

「是我爸媽。」她急急忙忙的說，「爸爸離家了，永遠不再回來。他們要離婚了。」

「喔。」我真的沒辦法說我很驚訝。

「結果爸爸一直跟史溫頓辦公室裡一個女人外遇。你能相信嗎？」

我碰巧就相信。我從來就不怎麼喜歡莫莉她爸。媽媽常說他老是光說不練。而她媽

莫莉抬起頭湊近我的臉。她在發抖。一時之間，我以為她要甩我一巴掌。「至少你媽不是自己決定要離開你的。」她輕輕的說，淚水滑下她的臉龐。

她轉身離開我，走進了暮色中。

「你！拉維真沒把你說錯。」她回頭喊道。

「怎麼？他說什麼了？」我叫道。

但她沒有回答。

＊　＊　＊

我好生氣，只管悶頭走路，腦海中不斷重播我們的爭執。她怎敢這麼說？她怎敢？由於氣憤，也由於寒冷，我不停的發抖。太陽落到公園盡頭的房子背後，天色暗了下來。大家都走了，但我仍沿著大道小徑繼續走下去，渾然不在意是往哪裡去。

最後，我發覺自己又回到兒童遊樂場。那裡現在空無一人。天光昏暗，寒風刺骨，但我不在乎。我坐在鞦韆上用腳推動，想要用這個動作安撫自己。我手指握著的鐵鍊冷得像冰，那冰冷的疼痛非常讓人滿意。

我一邊搖，一邊把頭往後仰，來來回回，來來回回，直到頭昏為止。天空中已經出現了點點朦朧的星光。

「好啊，真不錯啊。」

她的聲音嚇了我一跳。是媽媽，坐在離我最遠的鞦韆上。

「噢，哈囉。」

「都還好吧？」

我想起莫莉轉身離去之前臉上的表情。

「當然，」我說，「為什麼不好？」

我往她那邊看過去，想看看她信不信，但在低垂的暮色中，我看不太清楚她的臉。

「噢，不知道耶，珠兒。你一個人三更半夜的在兒童遊樂場閒晃……」

我可以感覺到她在看著我，等我解釋，但我只是繼續盪鞦韆。

「連件外套都沒穿……」

「現在又不是三更半夜。」

「哪怕是零下三十——」

「你為什麼老是要那麼誇大其詞？」我怒斥道，「我知道你覺得這樣很好笑，但一點都不好笑，只是很煩人。」

「噢。」

「而且幼稚。」

她點起一支菸，好一會兒什麼都沒說。我在想我是不是太過分了。「好吧，那就不說了。」她最後說，她的臉仍舊掩藏在陰影裡。

「對不起，」我說，「但你老是沒完沒了的念我。」

「我難道不能擔心你嗎？」

「你總是嘮嘮叨叨的煩我，總是問我一堆問題。」

「我知道你沒有告訴我事實真相，」她字斟句酌的說，她用字遣詞的精確與重量，掩蓋了字句底下的感情，不管那到底是什麼。「你從來都不對我說實話。」

她吸了一口菸，我看著香菸琥珀色的頂端亮了起來。

我深深吸了一口氣。「我告訴過你了，沒什麼不妥。」

我們默默的坐在各自的鞦韆上，彼此沒有互看。

「我知道你告訴過我，」她最後說，「而我也知道你在撒謊。」

「你怎麼知道？」

「我是你媽媽，珠兒。」

我想了一下。這實在是太誘人了。就把一切都告訴她，莫莉、爸爸、學校、老鼠，所有的事怎樣的一蹋糊塗，以及沒有了她，我的人生變得有多寂寞、卑微而灰慘。

「這個嘛，你錯了，」我說，「我很好。」

我閉上眼睛繼續擺盪，感受著眼皮上的冰冷。媽媽沒有說話。

我又往後仰。星星模糊了，我感覺眼睛裡溢滿了熱淚。

我猛然坐起身，用腳煞住鞦韆。

「媽？」

但我不用看就知道她的鞦韆空了，在冰冷的夜裡依舊微微的擺盪著。

花。

他要去見女孩。他要送花給她。

好吧，是又怎樣？跟我又沒關係。這是個自由的國家。我幹麼要在意？海克特扯著牽繩嗚嗚哀鳴，急著繼續他的意外散步之旅。

「閉嘴啦，海克特。」我怒喝一聲，眼睛還盯著芬恩手上的花。深紅的玫瑰，顏色鮮豔得彷彿印在我的眼睛裡，即使眨眼時也看得見。

「這是給我外婆的。」芬恩注意到我的凝視，趕緊說。「她又得住院了。我剛從她院子裡剪下這些花，想說能讓她開心一點。」

「噢，真糟糕，」我努力不要顯出如釋重負的樣子，「可憐的桃西，她還好嗎？」

「不怎麼好。她已經生病好一陣子了，現在……」他的視線飄開了，「應該不會好起來了。」

「真遺憾。」我徒然的說。

他點點頭。「我得走了。」他說，「我今天晚上住在這裡，所以你要是看見燈亮著，別擔心。我媽晚點忙完工作能抽身的時候也會過來。我們會在這裡住幾天，整理東西。」

「好，」我說，「告訴桃西我愛她，好嗎？」

「我會的。」

「噢！」我說，「突然想到，你不能帶花去醫院。」

「什麼？」

「他們不讓，說牽涉到健康和安全什麼的。」老鼠剛住院時，奶奶曾經送過一大束花給她，結果爸爸得把它帶回家。最後它就裹在玻璃紙和棉紙裡，放在門廳的小桌上，直到乾枯變黃他才把它丟掉。

「噢，好。」他看起來好失望，一時之間我以為他要哭了。「那就給你吧。」他說完就突然把花往我這裡一塞。

我可以感覺到自己臉紅了。「你確定嗎？」

「拿著吧。」他說。所以我就收下了。「那就再見了。」

「再見。」

我讓海克特拉著我走開了，他的鼻子抵著地面，正在追蹤什麼東西。我可能再也見不到芬恩了。這有什麼要緊？我告訴自己。這世上到底能有什麼事是要緊的？

但正當我這樣想著的時候，就已經拉著心不甘情不願的海克特轉身往回走。芬恩剛

「我得走了，」我說，「我得走了。」

我沿著小徑往家裡跑。

「珠兒！」他在我背後喊道，但我沒回頭。

我一邊跑一邊從口袋裡掏出鑰匙，然後在背後摜上門。

我靠在門上，在黑暗中大口喘息。我發覺自己在哭。

樓上有點響動，然後樓梯口的燈亮了。

「珠兒，是你嗎？」

奶奶出現在樓梯頂端。她穿著一九二〇年代電影明星風格的中國刺繡絲質晨袍，臉上脖子上塗滿了冷霜。

「我正要上床就聽見了門響。」她走近點發現我在哭，「到底怎麼了？親愛的，發生什麼事了？你們吵架了嗎？芬恩是不是……」

她把他可能做的事留給我去想像。

「不，不是的。」我試著用袖子擦去眼淚。

「那是怎樣？他顯然是哪裡惹你生氣了。」

「沒有。」我說。

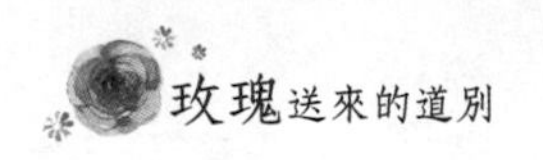

「那是哪裡不對了？」

「沒事，」我說，「什麼事都沒有。」

她皺著眉頭看著我，然後牽起我的手。

「噢，珠兒，」她說，「你可以快樂，OK的。」

「不，」我搖搖頭，「不OK。」

我推開她的手跑上樓。

我走進浴室往臉上潑冷水，然後看著鏡子裡的自己。我看來好疲憊，眼睛底下有黑眼圈，臉龐蒼白而瘦削，但還是媽媽去世之前的那個我。這似乎不太對。我應該有不同的樣貌，澈底的改變。我把頭髮往後撥，就像芬恩曾經做過的。當他看著我時看見了什麼？他看見了一個漂亮的人嗎？

鏡子裡，媽媽的臉出現在我背後。「你真的很美啊，」她說，「拜託，珠兒，奶奶說得沒錯，我的確希望你快樂。」

「這不是你能作主的。」我輕輕的說。

小桌上有一把剪指甲的小剪刀，我不假思索就拿起來開始剪頭髮。我的頭髮又長又厚，花了好半天才剪完。我看著自己，而我看見的這個人比較符合我內心的感覺了。

「好啦，」我轉身對媽媽說，「現在不那麼美了。」

但她已經不在了。

＊　＊　＊

「珠兒，請進，請進。」

羅麥絲小姐給了我一個充滿自信的微笑，一邊引我走進她的辦公室。

「請坐。你要喝杯咖啡嗎？我自己正在喝呢。」

「不用。」

「那……餅乾？我參加一個無聊的會議剩下來的。」

我搖搖頭。這一套想必應該是為了讓我放輕鬆的。她在假裝我們會有一場親切友好的閒談。

我坐在椅子邊緣。

「那麼，珠兒，」她又喝了一口咖啡，滿懷同情的微笑著，「你還好嗎？」

我聳聳肩。

「真的，」她把頭髮往後攏。她噴太多髮膠了，頭髮全黏成了硬邦邦的一塊。「告訴我。我不是客套問問的，我是真的想知道。」

我看著自己的手，瘦骨如柴，指甲發青。

她嘆了一口氣。「我知道這有多艱難。」

我的一個指甲上有一個參差不齊的裂縫，一路往下。我撥弄著它，拉扯著它，把它彎來彎去，弄得自己痛得要命。

「我真的知道。」

你當然知道。但是……

「但問題是，珠兒，有些事我們就是不能視而不見。」

她等著我說些什麼。我沒有。

「我們都知道，最初的幾個星期你很難專心。這是當然的。而你表現得非常好，通過了考試，成績也不錯。」

她的咖啡杯邊緣有一抹醜陋的紅色唇膏印。莫莉在鐵桿的素食主義時期，曾經告訴我唇膏是用豬油和磨成粉的甲蟲做的。當時我並不相信，但也許這的確是真的。

「但問題是，珠兒，你不能沒完沒了的繼續這樣下去。我們對你展現了諒解和耐心，已經好幾個月了，但現在已經到達一個臨界點，這種行為變得不能被接受了。你不能再繼續蹺課，然後期待不被懲罰。」

我太過用力拉扯那片破碎的指甲，它被我撕下來了，露出了底下紅紅的肉，疼痛不堪。

「我什麼都沒有期待。」我說。

「聽我說，珠兒。你是個聰明的女孩，但如果你再不趕緊打起精神，」——她停頓了一下增加戲劇效果，又意味深長的看了我一眼，以強調她有多嚴肅——「你就會發現自己嚴重落後，甚至還有高中畢不了業的危險。」

我忍不住噗哧笑了出來。高中！導致二次世界大戰的起因，寫出《傲慢與偏見》的緣由。她還真以為我會在乎這個。

她惱火了。她不喜歡被取笑，所以我努力不笑。

「這不是什麼好笑的事，珠兒。大學、你的事業、你的全部未來，全都靠這個。」

「不要緊。」

「什麼東西不要緊？」

我幾乎要為她難過了。她是真的不知道。我該從何說起呢？我該怎麼告訴她，所有這一切——不光是高中、大學，而是所有的：看電視、拔眉毛、友誼、野心，甚至愛情

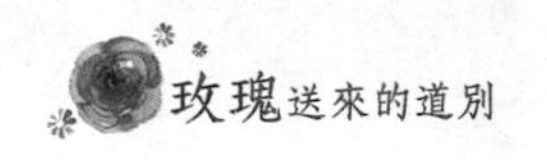

——全都是我們用來圍繞自己，轉移我們的注意力，不去面對一個事實，那就是：隨時都有可能發生任何事情。禽流感，核子戰爭，被雷打到，小行星撞地球——把我們像恐龍一樣澈底毀滅。

沒有一樣是要緊的。

「算了，沒什麼。」我覺得自己好蒼老。

她把嘴脣抿到只剩一條猩紅色的細線。我很好奇她的脣膏叫什麼名字。熱情。做作而性感，這就是她會追求的東西。羅麥絲小姐穿著高跟鞋和一件透明到看得見內衣的短衫，我想她一定覺得自己相當熱辣。

「聽我說，珠兒。我想我們對你已經遠超過體諒了，但我開始覺得你在濫用這個體諒。現在已經不再是失去親人的問題，而是行為的問題。如果你的態度再不改變，珠兒，我就沒有選擇的餘地，只能請你父親過來了。而我們可能必須採取更嚴重的行動。」

親切友好的閒談告一段落，現在我們要說到重點了。突然間我不再為她難過了。

「你真以為我會在乎？」我說，「你以為你做的任何事真有什麼要緊？」

她不喜歡這樣。她一向習慣為所欲為。

「別幼稚了，珠兒，」她怒斥道，「我在講的正是這種不成熟的、想要引人注意的行為。我相信這不是你母親希望見到的。」

我一時氣結。「你又不認識我母親。」我脫口而出，然後又愚蠢的紅了臉。「我是說以前。」

「沒錯。但是我知道這不是她希望的。她不會希望你沉溺在自憐裡。她會希望你繼續你的人生。」

她說話時，我仔細的看著她的臉，幾乎沒有聽見她在說什麼。她愚蠢而自以為是的嘴巴上塗抹著豬油和甲蟲。

「好了，珠兒，你有什麼要說的嗎？」

「有啊，」我說，「你牙齒上有口紅。還有大家都知道你跟傑克森先生上床。」

她瞪著我，整張臉變得通紅。

「好，我真是受夠了。」她說，「滾出我的辦公室。」

「樂意之至。」我抓起包包就往門口走。

我的心臟砰砰跳個不停；這感覺真好。

「我會盡快安排跟你父親見面。」

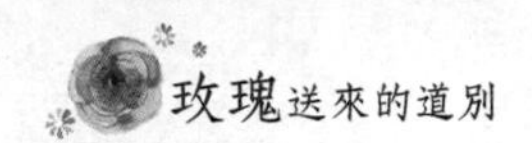

我決定不要把門摔上；我讓它大大的敞開著。

十二月

我房間門上響起一聲敲門聲。

「我可以進去嗎？」爸爸在試圖講和，「我給你帶了一杯茶來。」

上星期為了學校的事，我們大吵了一架。羅麥絲小姐找我們倆去談我的「行為」。爸爸去了，我沒有。

他回來的時候嘆了一口氣說：「好了，珠兒，我已經盡力了。我告訴羅麥絲小姐你真的是個好女孩，但最近經歷了太多事。我說等你有時間思考的時候，相信一定會覺醒過來並且去道歉的。」

「我才不會道歉，」我對他說，「而且我也不會回學校了。我要去找工作。」

「我不知道我幹麼要費這個事。」他說。

我說：「我也不知道。」從那以後，我們就沒對彼此說過話了。

現在他坐在我身旁的床上。「你不能老躲在這裡。我並不想跟你吵架。」他嘆了一口氣，「學校什麼的就忘了吧，我們可以之後再談，等我們有時間想清楚，冷靜一點再說。」

「我已經有時間想清楚了，」我說，「我也很冷靜。」窗外的天空泛著一抹昏黃，重沉沉的。聽說快下雪了。

「拜託，珠兒，再過幾個星期就是聖誕節了。讓我們試著享受一下好嗎？全家一起。」

但我們怎麼能夠？

「我們等下就要裝飾聖誕樹了，你要不要來幫忙？」

那一向是媽媽的工作，她只有在勉為其難時才會讓我幫忙。她愛極了與聖誕節有關的所有東西：聖誕歌曲啊、禮物啊、包裝紙啊等等。我們一定得有一個降臨曆。（譯注：一種在聖誕節前給小朋友玩的東西，上面有二十四扇窗，每天打開一扇，裡面有糖果或玩具，用來倒數聖誕節的來臨。）她就像個大孩子一樣。

爸爸等著我回答。最後他說：「珠兒，我們不能再這樣下去了。」他並沒有生氣，只是在陳述事實。

「沒錯。」我們終於有一次意見一致了。

我聽見門在他背後關上了。

＊　＊　＊

冬天的院子一片光禿。幾個月前它還像個叢林，芬恩砍掉雜草，種上各種花草，將它整個改頭換面。但現在樹木光禿禿的一片葉子也沒有，泥土地也是黑乎乎的一片。我想到他種下去的種子，幼芽在地面下生長著。很難相信它們還在那裡。就算它們還在，他也不會在這裡看見它們開花了。桃西的前院裡插著一塊大大的牌子寫著「已售出」。自從她住院之後，那房子就一直空著，很快就會是別人的了。我看著芬恩給我的玫瑰，現在已經乾掉了，但放在我書桌上還是鮮紅色的。他回學校了。我想我再也見不到他了。或許這樣也好。他一定很恨我。

＊　＊　＊

我考慮過要呼叫媽媽，但有什麼用呢？她不會來的。她只有自己想現身時才會現身。

我有點吃驚的發現其實我並不想見她。我厭倦了撒謊，假裝跟爸爸和老鼠相安無

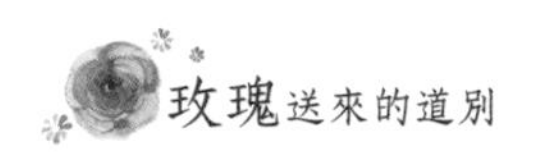

事。我厭倦了她拿學校和莫莉的事念我。我也厭倦了她一直逃避我關於詹姆士的問題。

我想起了準備寄給詹姆士的聖誕卡，裡面夾著那封信。現在太晚了，明天就是聖誕夜了，就算我今天寄出也來不及寄到。我走過去拿起那張卡片，看著他的名字，那是我用我最好、最美麗的字跡寫出來的。我低聲念著那個名字，想要用這個聲音將他召喚出來。正當我看著信封時，突然間，一個可怕又美妙的想法閃過腦海：我不必在這裡過聖誕節啊，我有別的地方可以去。我看著他的地址。哈士丁並不是太遠。我查了一下，就在南部海岸上，穿過肯特郡，再往下進入薩塞克斯郡，幾個小時就到了。我的心跳得很快。我可以這麼做嗎？我有足夠的勇氣就這樣出現在他家門口嗎？

當然，我是他女兒。他不能在聖誕節將自己的女兒拒於門外，這是個闔家團聚的日子。我知道他一定會很開心的，不僅如此，他還會說：「我想像這一刻已經好久了……」

也或許他不會。但無論如何，總比坐在這裡好。

我知道如果考慮太久的話就會失去勇氣，所以就不想了。我上網查了火車時刻表，然後從床底下拖出拉桿行李箱，那是去年學校滑雪旅行時媽媽幫我買的。能塞進多少衣服我就丟進多少，誰知道會待多久呢？或許永遠也說不定。我考慮要不要把卡片和信帶爸爸揉揉眼睛。「那你要去哪裡？」

「她哪裡都沒要去，」奶奶說，「她只是一時糊塗而已。」

我看著她的臉，說：「去我爸爸家。」

「什麼？」他是真的不知道我的意思，但是奶奶知道；她的嘴唇緊緊的抿成一條慘白的細線。

「詹姆士，」我說，「我爸爸。」

他沉默了一會兒，逐漸理解我在說什麼了。

「你說這個只是為了傷害我嗎？」他最後說，「如果是的話，那我必須說，珠兒，你真是做得他媽的太成功了。」他搖搖頭，彷彿想把我的話搖出去，不要聽見。

「這個，」奶奶並沒怎麼壓低她的聲音，「我們都知道她是跟誰學的。」

「媽，拜託。」爸爸厲聲的說。

我怒氣沖沖的質問她：「你這話究竟是什麼意思？」

「她沒什麼意思。」爸爸疲憊的說。

「我的意思是，」奶奶說，「你母親也總是可以很殘忍，當她想要這麼做的時候。噢，她是可以施展魅力沒錯，但要是不遂她的意，她也可以非常迅速就翻臉。」

「媽！拜託，別說了！」一時之間，我們倆就只是驚訝的看著他。「珠兒，」他說，「聽話，你不能去。」

「我可以。」

老鼠開始哭鬧。

「你跟詹姆士談過嗎？」

「這不關你的事。」我惡聲惡氣的說。

「拜託，珠兒，」爸爸說，「別這麼做。這裡是你的家，我就是你爸爸。」

「聽著，你用不著再裝模作樣的了。」我說，「我們都心知肚明，現在你有了玫瑰就不要我了，所以我們就別再裝了。」

奶奶把手裡拿著的一盒木頭小天使用力摔到地上，嘩啦啦的撒了一地。老鼠哭得更大聲了。

「我知道這一陣子的事情對你來說十分艱難，珠兒，我也很遺憾。但我可不要站在這裡聽你那些鬼話。」奶奶的聲音隨著她話語的力量而顫抖。「我知道在這之前，你在這個家裡是宇宙的中心。但情況已經有所改變，不只是對你，對每個人都一樣。我們都在盡自己所能度過難關，而你——」她用一根手指戳戳我，「你表現出來的行為就像一克特在她腳邊發出悲傷的嗚咽聲，「我的寶貝珠兒……」

老鼠在哭喊，爸爸彎下腰去把她抱起來。

我背著背包笨拙的轉過身，穿過門廳。

「珠兒！」爸爸在背後喊我，「等一下！你不能就這麼走了。」

「是的，我可以。」我叫道。

「那我跟你一起去。」爸爸一把抓起掛在鉤子上的外套，看樣子是認真的。

我瞪著他。「你不能去。我都安排好了，詹姆士希望我去，我不要你去壞事。這跟你沒關係。」

「就讓她去吧，」奶奶從客廳裡喊道，「下午茶之前她就會回來了。」

我用力摔上門，走進外面冰冷暗淡的午後天光中。

* * *

「珠兒，怎麼了？」

是媽媽，在我後面。

「等一下。」

我走得更快了，行李箱沿著人行道一路喀喀作響。

「珠兒，你要去哪裡？」她氣喘吁吁的想要趕上我。

「關你什麼事？」

「當然關我的事。」她想抓住我手臂，但我把她甩開了。「珠兒，拜託，別再走了。告訴我發生了什麼事。」

「你騙我。」我說，「就是這件事。」

「我？」她做出一副無辜的樣子，「我才不會呢，先生，你一定是搞錯人了。我可向來都是童叟無欺的。」

我沒理會她。

我抄近路穿過公園往車站走去。公園裡很安靜，大家都去聖誕節大採購或待在溫暖的屋裡。草地上蓋著一層霜，顯得十分僵硬。

「噢，等一下。這該不是為了那次我錯過了你的舞蹈表演，而我告訴你是因為貓咪病倒了，我得幫她做緊急心肺復甦救她一命？」

我還是一言不發，繼續往前走。

「如果是的話，我就無可抵賴了。我承認，我是忘記了。好啦，我說了。你願不願但車窗外飛逝而過的世界還滿有安撫作用：先是一些房屋的背後和院子，人們活動的小小廣場，然後是田野和樹木，一個男人在遛狗，出現而後消失，出現而後消失，全都在一片廣闊的白色天空下。

火車駛進一條隧道，襯著黑色的背景，我蒼白的倒影突然間清晰了起來。我的頭髮長長了一點，但看起來還是愚蠢無比。詹姆士見到我時會怎麼想？我開始希望當時有聽奶奶的勸，到美容院去整理一下被我剪得亂七八糟的頭髮。車窗是雙層玻璃的，所以上面有兩個重疊的倒影在看著我，一個清楚而實在，另一個比較淡而透明，邊緣模糊。一時之間，我覺得自己比較像後者，那才是真正的我。而另一個則是那天遺留在電影院前的我，那時我聽見了爸爸的留言，世界就此靜止。

＊　＊　＊

路越走越陡；在逐漸降臨的暮色中，門牌號碼也越來越難以辨認。但我知道我已經慢慢接近了。四十九，五十一。我的心臟狂跳起來。五十七號。

就是這裡了。

我在大門口站了一會兒。這是一棟很普通的獨立雙拼式房子，和這條街上其他的房子沒什麼兩樣。小石子牆面塗了奶油色的漆，前面凸著一大片醜陋的玻璃門廊。帶有塑膠質感的窗戶，上面的菱形格紋似乎硬要營造出一點古典的風格。

老實說，這並不是你會夢想失散多年的父親居住的地方。在來這裡的漫長火車旅途中，我曾經想像過一棟矗立在懸崖頂端的哥德式大宅。但往好處看，它至少不是個毒窟。而且從我剛才爬上來的山頂往下看，還能看得見海，往遠處延伸到模糊的灰色海平線。

院子看起來像是有人精心維護。我很好奇會是他嗎？還是他有妻子？

車道上停著一輛破舊的黑色旅行車，後車窗上貼著一個「車上有小公主」的標誌。

我僵住了。

一個女兒。

他有另一個女兒。

我為什麼沒早想到他可能會有孩子？

我突然意識到我從來沒有把這整件事好好想清楚過。我在這裡做什麼？我不能進去。

但這時我又想到爸爸、奶奶和老鼠溫馨快樂的在一起，我知道自己別無選擇，因為

「沒有人叫他詹姆士。」她在胸前交叉起雙臂。

我們就站在那裡彼此互瞪；她在裡面，堵住了門口，我在外面的寒風裡。我拚命搜索枯腸想找些話來說，想找一些適合對從未謀面的父親的不友善妻子說的話，但一無所獲。於是我就站在那裡不停的發抖，因為我出門時太匆忙，甚至沒想到要穿上一件像樣的外套。我穿著一件媽媽的舊皮夾克，就是她在院子裡第一次告訴我老鼠的事時穿的那件。我實在太氣她了，要不是因為現在是零下溫度，我剛才就把它丟在火車上了。於是現在我冷得牙齒直打顫，我試著把袖子拉下來蓋住失去知覺的手指。

「你還是進來吧。」她冷冷的說，儘管她臉上的表情說的可不是這句話。

我跨過一堆長筒雨靴和運動鞋走進門廳，後面拉著那愚蠢的行李箱。我知道這副模樣有多冒昧。

屋子裡有股陌生的氣味。並不難聞，但就像是別人的家。

「他馬上就回來，」她把我帶到滿地玩具的客廳裡，「你可以在這裡等他。我得繼續準備晚餐了。」

她在門口停下了腳步。我知道她很想問我來這裡到底想做什麼。薇樂蒂穿著一件亮閃閃的緊身衣再度出現。

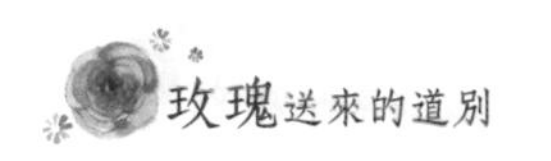

「來，薇樂蒂，」那女人最後說，「來幫媽咪燒飯。」

廚房傳來一聲巨大的聲響，然後是小孩大哭的聲音。

「天哪，艾爾菲。」她說著就消失不見了。

薇樂蒂沒有跟著媽媽去，她站在我面前仔細的看著我。我窘迫的坐在沙發上，兩腿一會兒交疊，一會兒放下。我的手指和腳趾因為溫暖的衝擊而有種火辣辣的感覺。客廳角落有一棵聖誕樹，樹上閃爍的燈光讓我頭痛了起來。電視裡的天線寶寶正以超大分貝的音量吵得震耳欲聾。

「你喜歡我們的聖誕樹嗎？」她洋洋得意的問。所有的裝飾都正好在薇樂蒂的高度，樹的上半截整個空蕩蕩的，只有一個天使顫巍巍的站在頂端。

「好漂亮喔，」我說，「是你自己布置的嗎？」

她點點頭。「是啊。」

「很有……聖誕節的氣氛。」

她又專注的看了我幾眼。「你是誰？」

我一時語塞。顯然我不能告訴她。

「我是珠兒。」我說。

她沒理會她媽媽，繼續盯著我看。

「你看起來不太好，」她對我說，「你抽菸嗎？」

「不抽。」

「抽菸會讓你生病。」

「對，但是我不抽。我只是累了。」

「我爸爸抽菸。」

我看著她。「是嗎？」

「聖誕節之後就不抽了。過了聖誕節他要戒菸。」

這小鬼知道那麼多關於我父親的事，而我卻不知道。那股反胃的感覺又來了。他會生氣我來這裡嗎？他會吼叫著把我推出去嗎？這是她會希望他做的事，那個把魚條炸焦的女人，不管她叫什麼名字。我就是知道她會這麼希望。

「薇樂蒂！」聽起來她真的生氣了。我猜她不希望薇樂蒂跟我一起在這裡。「到這裡來，馬上。下午茶已經準備好了。」

我像個共犯般衝她做了個鬼臉。「你還是去吧。聞起來很香喔。」我騙她。等她一

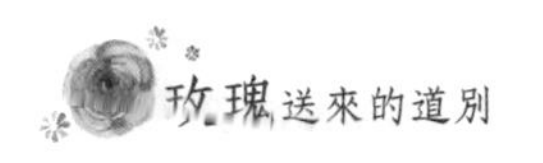

走，我就要溜出大門，拔腿就跑。我不知道要去哪裡，但我必須離開這裡。

她做了個怪臉。「如果你喜歡的話，可以吃我的。」

「不用了，謝謝。」

她正要再說些什麼，那隻愛叫的狗又叫了起來，並且跑進了門廳，越叫越大聲。突然間我知道原因了。

「爸爸回來了！」薇樂蒂尖叫著跑了出去。

大門砰的一聲關上了，我聽見她跳起來吱吱喳喳的對他說了什麼，而他笑著，嗯哼了一聲，想要對她說話，但聲音悶住了，因為她正爬在他身上親吻他。於是我坐下來，屁股釘在沙發上，希望自己可以消失或去時光旅行什麼的，因為我知道，我非常清楚自己大錯特錯。

我知道我不該來這裡的。

我從門後面往外偷看，希望能在他看見我之前先看見他。但就在這時，他突然抬頭往這邊看過來。他緩緩放下薇樂蒂，然後直起身子仔細看著我，這樣我就必須從門後面出來了。

「哈囉。」他困惑的說。他瘦瘦高高，泛白的頭髮綁成一束馬尾，前額部分比較稀詹姆士半是驚訝、半是鬆了一口氣的看著我。「你只是路過？」

「是啊。」我轉開了目光。

「你怎麼知道這裡的地址？」

「我在媽媽的電腦裡找到的。」

「你為什麼不先打電話來告訴我一聲？」

「我也不知道。」

我看著自己的腳，感覺到他正在看著我，想要弄清楚到底是怎麼一回事。要是他生氣了怎麼辦？我感到體內又升起了一股恐慌。我必須離開這裡。

「你爸爸媽媽不介意你來嗎？」

我沒回答。

「他們知道你在這裡吧？」

「爸爸知道。媽媽……呃，她死了。」

薇樂蒂抱住我的腿。「這就是你難過的原因嗎？」她說。

「什麼？」詹姆士說，「史黛拉死了？什麼時候？」

「今年二月。」

「我真的很遺憾。」他說，「怎麼死的？」

「她懷孕了，然後突然生病。」

「我真的很遺憾。」他又說了一遍。

「我真的得走了。很高興認識你。」我對薇樂蒂說，刻意忽略了在一旁怒目而視的炸焦魚條姊。

「這樣好了，」吉姆說，「我們去散個步吧？」

「我可以去嗎？我可以去嗎？」薇樂蒂兩腳交互踩踏著蹦來蹦去的說。

「不可以，親愛的，只有我跟珠兒。」

「可是不行啊，」焦魚姊說，「我們還有那麼多聖誕禮物要包。」

他握住她的手。「我答應你，我們不會去太久。好啦，貝兒，」他用一種我難以解讀的眼神看了她一眼，「想想如果是薇樂蒂……」

「想想如果是我怎樣？」她尖叫著從樓梯扶手上滑下來，在地上跌成一團。我扶她站起來。「謝謝，」她說，「我滑得越來越好了，是不是？」

「好吧，」焦魚姊說。也許她並不全然是個惡婆娘，因為當他再一次親吻她的臉頰時，她臉上似乎隱約有一絲笑意。「待會兒見囉。」

她寄給我一張你的照片，並告訴我說她遇見了你爸爸，他們要結婚了。」

「你們有保持聯絡嗎？」

「不算有。」

「可是媽媽有你的地址。」

「我們一致同意，等你長大一點之後，要是哪天想要多認識我一些，你就可以跟我聯絡。」

「但你從來就不想聯絡，你不想見我嗎？」我努力不要有受傷的感覺，我知道這很蠢，畢竟我也從來沒有想過要見他。

「其實我有。我想我終於還是長大了一點，開始覺得這樣不太好，會讓你失望。所以我跟你媽媽聯絡，說也許我們可以見個面什麼的。或許我可以寄生日卡或聖誕禮物給你，諸如此類的。但史黛拉說不要，她說這會對你造成困擾。你已經有一個爸爸了，你也很愛他。她說你知道他不是你親生父親，但也無所謂。你知道我的名字，這就夠了。她說也許等你再長大一點，我們可以再討論。我並不想惹出任何麻煩，或讓你心煩意亂。我想我只是想讓你知道，我並不是個拋棄了自己孩子的爛人。後來我遇見了貝兒，人生完全改變。她當時已經有了薇樂蒂，正準備要生第二個。」當他提起她們時，臉上放出了光彩。「你看，我這裡有一張薇樂蒂在我們結婚那天的照片。」

他打開皮夾給我看一張照片。那是一個比較小、比較圓滾滾的薇樂蒂，穿著一身伴娘服，頭冠歪到一邊，臉上塗滿了巧克力。

「她看來像是個很棒的孩子。」我說。

「貝兒說我是個多愁善感的老傻瓜，」他說，「但每當我看著薇樂蒂的時候，就好像知道了自己為什麼要出生，知道了生命的意義是什麼。我知道聽起來很愚蠢。」

「不，」我說，「一點也不會。」

「重點是，我知道你爸爸對你一定也是同樣的感覺。而且我也想過，要是薇樂蒂的生父跟她聯絡、想見她的話，我會有什麼感覺。──並不是他有可能會這麼做啦；他是個不折不扣該死的廢物。」

他停頓了一下，又喝了一口啤酒。

「重點是，我知道自己不能對你爸爸做那種事。我知道這會傷他的心。他把你從小撫養長大，照顧你，是不是？當你生病的時候，他為你擔心；當你跌倒的時候，他把你扶起來；當你作噩夢或害怕床底下的怪物時，他讓你有安全感。我說得對不對？」

我無法開口。

「我沒有權利自稱為你的爸爸。」

他看著我。「噢，糟糕，我把你弄哭了。拜託別哭。對不起。」他從口袋裡翻找出一條手帕遞給我。「乾淨的。」他說。

我擤了擤鼻涕。

「我不是有意要惹你不高興的，」他說，「這是我最不想做的事。」

「不是你的錯。」我說。

「是我的錯，」他說，「一直在講過去的事。看看你，都累壞了。我們回家吧。到家打電話給你爸爸，如果他答應的話，你可以在我們家住一晚，明天再看怎麼送你回家。」

我想到爸爸，還有當我說要來這裡時他的臉，淚水無聲的滑下臉龐，止也止不住。

「好好睡一夜之後，所有的事明天會更好，」吉姆說，「我保證。」

「我不能跟你回去。貝兒會怎麼說？感覺她不會太喜歡我留下來。」

他笑了。「一旦我跟她解釋清楚，她就沒問題了。」

我們走進外面的寒風裡。

「你介意我獨處幾分鐘嗎？」我說，「我得走一走，讓腦袋稍微清醒一下。我認得

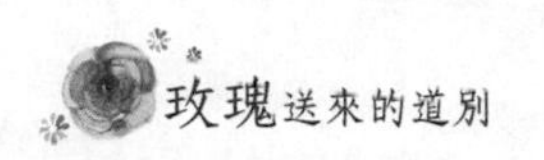

回你家的路。」

「又怎麼了？天都黑了，我不確定這是個好主意。你不知道該往哪兒走。」

「我不會走太久的。」

他一副不信的樣子。我靠過去輕輕拍了一下他的臉頰。

「待會兒在你家見了。」

不等他開口我就走開了，他訝異的舉起手放在自己的臉上。

* * *

我沿著濱海的大路走下去。天色已經暗了，但一些電子遊樂場仍燈火通明，路燈柱上也有聖誕燈。空中飄著雪花，只有零星幾片，在飄過燈光時閃閃發亮，隨後便消失在黑暗中。露天遊樂場和小高爾夫球場空無一人，遊船湖的邊緣都結冰了。

再往前走，我看見一些通往海邊的石階。我一路往下走到了遍布石塊的海灘上，大顆的鵝卵石在我腳下嘎吱作響。寒風冷冽，我頂著風往波濤洶湧的大海走去，海潮聲震耳欲聾。風撕扯著我的頭髮，我站在那裡看著翻著泡沫的浪花摔碎在海灘上。

疲憊、饑餓，加上吉姆剛才告訴我的那些話，讓我頭暈了起來。我的思緒十分混亂。我想到媽媽，當時年輕、害怕，又懷了孕，會有些什麼感覺？我想到吉姆，當他跟薇樂蒂在一起，甚至只是談到她時，他的臉龐如何變得神采奕奕。最重要的，我想到了爸爸。我想到他有多愛媽媽；想到我還是個小嬰兒時，他是怎樣照顧根本不是他自己孩子的我。我從沒見過有誰寵孩子像他寵你一樣。這是奶奶說的。

大海遼闊、黑暗而冰冷，而我是如此的渺小而疲憊。我只想躺下來。如果我躺下來，海水就會過來將我帶走，拖到海底。

我想起小時候追著足球跑到馬路上去的事。我想起那車子，還有爸爸如何救了我。要是沒有我的珠兒，我該怎麼辦呢？

我決定不要躺下了。

* * *

我坐在吉姆家小客房的床上。燈光照亮了屋子，我緊抱著膝蓋，但還是不停的發抖。

屋子角落裡有一張小桌子，後面有一塊軟木釘板，上面釘了一些照片，是薇樂蒂、艾爾菲、焦魚姊和吉姆一起在從事快樂的家庭活動：節日啦、生日啦、去公園郊遊等等。

小時候，我常會玩一種遊戲，假裝自己的床是漂浮在大海中央的一艘小木筏，等著有人來救我。

但現在沒有人會來救我。

＊　＊　＊

我醒來時，房間裡充滿了一種奇異的明亮。薇樂蒂在樓下大喊大叫。

「下雪了！真的、真的下雪了！」

我走到窗前拉開窗簾。外面所有的東西都覆上了一層白雪，而雪還在不斷飄落著。一時之間，我只感覺到一股童稚的興奮。

但我要怎麼回家呢？火車還會開嗎？

我感到越發的孤獨。

有人敲了一下門，薇樂蒂端著一杯茶走進來。大部分的茶都潑在茶碟裡，但我還是謝了她。

「媽媽叫你下來吃點早餐。」她說。

「我想不要了，」我說，「我得走了。」

「媽媽說你一定會這麼說，」她說，「所以她說我必須用上我的勸說魅力，因為你得吃東西。」

「那你就用用看啊。」我說。

「拜託！拜託！拜託！拜託！拜——託——」

「好啦，」我說，「好啦，我去啦。」於是她緊緊握著我的手，把我帶下樓。

「你幾歲了？」我們坐在廚房餐桌旁時，薇樂蒂問我。

「十六歲。」我說。

「那很老了。」她說，「你有工作嗎？」

「沒有。」

「你有男朋友嗎？」

「沒有。」

「為什麼沒有？你真的滿漂亮的。」

太好了。

「多謝。」

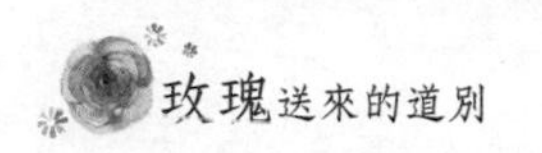

她若有所思的上下打量著我。

「不過有點瘦。」

天啊，她比奶奶還糟糕。

「你有厭食症嗎？」

「薇樂蒂！」焦魚姊——貝兒——一邊把食物餵進艾爾菲嘴裡，一邊尷尬的看了我一眼。

「沒有。」我說。

我拿起一片吐司要證明我說得沒錯，但它又冷又硬，所以我又放下了。

「暴食症？」

「薇樂蒂，夠了喔。」

「以一個七歲的人來說，你懂得還真不少。」我用指責的語氣說。

「我喜歡看書。」她一邊嘎吱嘎吱的嚼著吐司，一邊繼續對我進行評估。「那你為什麼沒有男朋友？」

我喝了一大口燙嘴的咖啡，努力不去想到芬恩。

「又不是非有不可。」

「那你有女朋友嗎？」

「沒有。」

「如果有的話也沒關係的。」

「我知道。但我沒有。」

「可是——」

「那你有男朋友嗎？」你絕不能任由一個七歲小孩在早餐時對你沒完沒了的審問。

她看著我的樣子好像我瘋了。

「我？我要男朋友幹麼？」

「可不是嗎？」我說。

她看了我一會兒，然後笑了。

「你要跟我一起來堆個雪人嗎？」

我搖搖頭。「不行，我得回家了。」

＊　＊　＊

我回樓上房間裡去拿包包。我走到窗邊去看，雪仍舊緩慢而持續的下著。

就在這時，一輛紅色的車緩緩穿過飄落的雪花出現在視野中。

我看著它靠邊停下來，然後看見爸爸和芬恩下了車。我飛奔下樓衝出大門，連外套和鞋子都沒穿。當爸爸看見我時，他臉上的表情就像昨天晚上吉姆看見薇樂蒂時一模一樣。我想向他解釋一切：所有我做錯的、他做錯的，還有我一直有多憤怒、多寂寞、多害怕；我希望事情能有所不同，但不知道該怎麼去改變。但是當我跑到他面前時卻泣不成聲，反正他把我抱得太緊，我也不能說話。

但是無所謂了，因為我知道他已經明白。

＊　＊　＊

「太好了，」爸爸說，「謝天謝地，還好有芬恩在。天氣太冷，我的車發不動，剛好他和家人過來住在我們鄰居桃西家，她剛出院。他看見我在試圖發動車子，就表示願意載我過來。他人真是太好了。」

我們全都擠進吉姆和貝兒的小廚房裡喝茶，要是我說一絲尷尬的氣氛都沒有的話，那我就是在說謊了。爸爸和吉姆握了手，講完了男人之間那一套「多謝」和「沒問題」之後，現在正在談路況和撒鹽車（譯注：歐美國家下雪時會在公路上撒鹽或沙子，以防路滑。）的事。（「你一轉上A21公路就好了吧？」）芬恩在喝茶，一面被薇樂蒂審問。（「但為什麼是大提琴呢？那只是一個大的小提琴嘛。」）貝兒把剛送來的雜貨從袋子裡拿出來，她正在跟一隻幾乎像艾爾菲那麼大隻的火雞奮戰，想要把它塞進冰箱裡。艾爾菲正在吃之前掉在地板上的早餐穀片，狗狗在一旁幫忙。我現在知道牠叫點點了。（「因為牠有很多斑點啊。」薇樂蒂自豪的說。）我看著這一切，然後發現自己在微笑。

「你還說你沒有男友。」我們要離開時，薇樂蒂用譴責的口吻說。

「我是沒有啊。」我說。

「我是只有七歲沒錯，但我可不笨。」她說。

* * *

我們向車子走去時，爸爸用手機打電話給奶奶。幾公尺之外我都聽得見她的驚呼，爸爸幾乎插不進一個字。

「不用哭了啦，媽，」他終於說，「她沒事。你很快就可以看見她了。我們現在正要出發。」

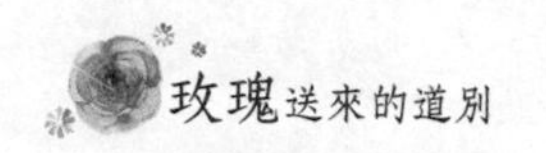

趁沒人在看，我牽起了芬恩的手。

「很高興你來了。」我說。

他驚訝的看著我，然後笑了。「我也是。」

上車前，我回頭看了一眼覆蓋著白雪的屋頂和懸崖。現在所有的東西都是一片雪白，所有的東西都是嶄新的。世界整個改頭換面了。

一月

奶奶把我帶到切爾西區一家高檔得離譜的美容院。她不接受我說不。

「你爸會照顧玫瑰一整天。那裡都預約好了，」她說，「現在也不能取消了。」當她告訴我要多少錢時，我差點被我的玉米片嗆死。

他們給我端來一杯卡布奇諾和一塊小餅乾，我接受了手部按摩和修指甲。我必須承認，感覺滿好的。

然後，不管我跟奶奶說了幾百遍我不餓，我們還是去了一家同樣高檔的餐廳吃午餐。奶奶為我們兩人各點了一杯酒，侍者也不敢違抗她。她告訴我爸爸年輕時做過的丟臉的事，讓我哈哈大笑；還有他爸爸，也就是我祖父的事，他在我出生前就過世了。她還說起她在愛丁堡的漂亮公寓，說等她回去之後，我一定要去那邊拜訪她。

「回去？」我說，「那我們怎麼辦？」

她笑了。「你們沒問題的。現在保險理賠已經下來，玫瑰可以好好找個保母，或去托兒所。我會想念你們大家，但你知道我也有自己的生活。我已經好幾個月沒去上皮拉提斯課了。而且我知道海克特一定也很想念他的小朋友們。」

「喔。」

第二杯酒喝到一半，奶奶突然停頓了一下，看起來很嚴肅的樣子。

「珠兒，我說過一些話，對你母親很不公平。」

「我已經跟爸爸談過了，」我說，「沒關係的。」

「有關係，」她說，「我現在明白為什麼當你還小的時候，她不希望我在這裡了。我是指當她度過產後憂鬱症之後。我知道我可能有點太固執己見，也許我真的給她一種印象，認為我覺得她配不上亞歷克斯。但更重要的是，她希望你是屬於她自己的。對於她錯過的那段時間，她覺得很有罪惡感。而那段時間裡，你一直跟著我，而我就像你的母親一樣。這對她來說很難以接受。我現在終於明白了。也許我早該更體諒一點。」

我想了一下，然後笑了。我在對面牆上的鏡子裡看見了自己。因為喝了酒，我的臉有點紅，而且不能否認，我的頭髮真的比之前好看多了。

「我們點些布丁來吃好嗎？」我說，「我比自己想像中還要餓呢。」

＊　＊　＊

那天下午，我去買了一支新手機，第一通簡訊就是傳給莫莉。我可以去看你嗎？珠兒，啾啾

我沒有得到回覆，但我還是去了。當我沿著泥濘的人行道走向莫莉家時，緊張得差點要臨陣脫逃。如果我是她的話會怎麼做？我想像著她大吼大叫的在我面前把門摜上。我不會怪她的。

我爬上通往她家公寓的階梯，總共有四段，一面練習著待會兒要說的話，以「我真的很抱歉……」開始。但有那麼多事要道歉，那麼多事要解釋，我無法決定怎樣的先後順序才能將這些全部囊括進去。

我敲敲門然後等著，順便喘口氣，同時在腦海中把要說的話再順過一遍。我真的很抱歉……屋子裡傳出乒乒乓乓的腳步聲，門打開了，雙胞胎之一穿著達斯．維達（譯注：電影《星際大戰》中的黑武士。）的服裝出現在門口。

「嗨，傑克，」我說，「還是卡勒姆，莫莉在家嗎？」

這個小達斯．維達只是透過面具大聲的對著我呼吸，這真是滿讓人不安的。然後他

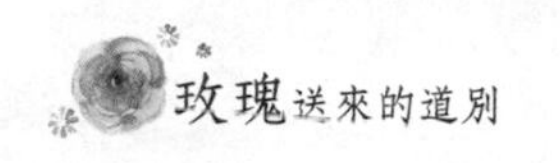

緩緩舉起紅色的光劍，咆哮著說：「現在我才是大師。」他轉身跑進公寓裡，披風在背後鼓盪，一路喊著：「莫莉～～是珠兒。你不是說你恨她嗎？」

我又在門口等著。連恩的音樂從屋裡震天價響的傳出來。我的心臟還在狂跳，現在是緊張的因素多於爬樓梯。我該從何開始？……關於你爸爸？關於拉維？也或許只需要說我真是個賤人來概括一切？

但最後，當她來到門口時，所有的話全被我拋諸腦後了。

「我說謊了。」她還沒來得及開口我就說。

「什麼？」莫莉雙臂交叉，無動於衷的看著我。

「當我告訴你我媽去世那天的事。你還記得嗎？在安吉羅咖啡館那次。」這些預料之外的話不停的脫口而出，不知道是從哪裡冒出來的。「我說我趕到醫院時還來得及跟她道別，我說她擁抱了我，還跟我說她愛我。」

「是啊，怎樣？」

我閉上眼睛。

在腦海中，我在奔跑。我沿著醫院綠色的長廊狂奔，肺在燒灼，恐慌重重的在胸口敲擊，我無法繼續跑下去了。但爸爸的語音留言不斷在我腦海中播放、再播放，於是我又繼續跑了下去。現在我又置身在那裡，爸爸向我走來，刻在臉上的表情讓我的胃猛然抽搐了一下。

發生了什麼事？我說，我要見媽媽。

我們坐下吧。

不要！我大叫，帶我去見媽媽。

他想握住我的手，但被我甩開了。

但他只是無助的站在那裡。

不行，珠兒。淚水嘩嘩的流下他的臉頰。

一時之間我還不明白。然後我突然頭暈了起來，就好像從懸崖的邊緣往下看。

為什麼不行？我說。但我的聲音在顫抖。

因為我知道為什麼了。我知道他要說什麼。

不，我低聲說道。

在腦海中，我在吶喊她不可能，她不可能。別說出來——

但他還是說了。

我張開眼睛。我又站在莫莉家外面了。她的臉上滿是淚水，我也是。

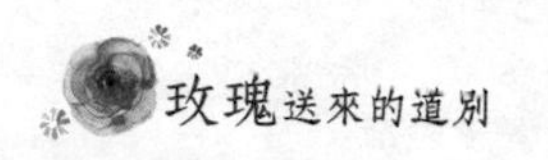

「你沒有道別？」她問。

「沒有。」

現在我永遠也無法道別了。

＊　＊　＊

我們手挽著手，漫步穿過漢普斯特公園。融化中的雪是灰褐色的，滑溜無比。

「你媽媽的事，」莫莉說，「之前你為什麼不告訴我？」

「那時我沒辦法。」

「那現在為什麼又告訴我了？」

「因為現在可以了。」

她笑了。「很好。」

「是啊。」

「噢，我的天啊，」莫莉說，「你看！那不是……」

我往她指的方向看過去，看見S先生正慢跑穿過公園。他穿著一身平時根本不可能穿的運動服，頭戴運動帽，腳上一雙白得耀眼的運動鞋。我們朝他揮揮手，他氣喘吁吁的一路向我們跑過來。

「哈囉，」我笑著說，「你看起來不太尋常。」

「先別管那些，」他說，「我正要找你算帳呢。我太太整個聖誕節心情都很差，因為她的一個得意門生說假期過後不回學校了。」他用力看了我一眼，「結果你想是誰倒楣受罪呢？就是我這個傻瓜啦。」

我看著自己的腳。「對不起，」我說，「也要跟S太太說抱歉，但我不會回去了。」

他雙手插腰站在那裡看著我，一面搖頭。

「就算我想，我打賭羅麥絲校長也不會讓我回去。她從來都不喜歡我。」

「她當然會讓你回去，」他說，「那女人在意的只有成績，而她知道你會有好成績。好了，我得繼續跑了。莫莉，看看你能不能勸勸這女孩。」

他慢慢跑走了。「祝你們倆新年快樂。」他回頭叫道，「珠兒，也許哪天會在公園碰見你帶著小傢伙。」

「你真的不回學校了嗎？」莫莉一臉震驚的說。

「我也不知道。」

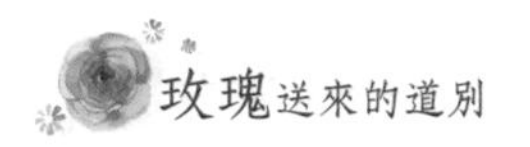

「噢，拜託，」她說，「珠兒，你一定要回來。」

「太遲了。」我說。

「S先生說得沒錯，只要你願意服個軟，她肯定會讓你回來的。」

「我最不會服軟了。」

「沒錯，」莫莉笑了，「你真的很不會。」

幾個孩子和他們的爸爸在放風箏，我們停下腳步看著，目光轉向了天空。

「我很抱歉，所有的事。」我說。

莫莉挽緊了我的手臂。「我知道。」

天上飄著一抹淡淡的雲，被後面的陽光照成了銀白色。風吹送著孩子們的笑聲和叫鬧聲。

「你爸的事怎樣了？」

她的臉扭曲了一下。「他們要離婚。」

「很遺憾。」我說。

「沒關係。」她說，「我不是說無所謂，但他們之間的關係已經糟糕那麼久了，這樣至少他們不會再吵架了。來吧，」她說，「我們去喝杯咖啡吧。」

桃西今天搬去安養之家。我告訴她我會去看她。我看著搬家工人把她所有的東西都搬了出來：畫、照片、家具等等。一輩子的人生就塞進了卡車後面。大部分的東西都會搬去芬恩父母的民宿。她不能帶太多東西去安養之家。

芬恩過來說再見。

這一次，當他吻我時，我沒有把他推開。

二月

「太好了。」她說，她的聲音裡帶著一絲笑意。在晨曦中，她的頭髮看起來像火一樣。她閉上眼睛，轉臉迎向越來越強烈的淡橘色光芒。陽光凸顯、放大了她臉上的細紋。一時之間，我可以想像出如果她變老之後會是什麼樣子。

「你看起來也很美。」我說。

她張開一隻眼睛，抬起一邊眉毛。

「你該不是又喝酒了吧，珠兒？」

「沒有。」

「也沒嗑迷幻藥？」

「沒有。」

她笑了。「上一次你說我漂亮是你四歲的時候。就算那次，也只是因為你幫我化了妝。你還記得嗎？把口紅塗得到處都是。」

我笑了，而且一旦開始就停不住。我就站在陽光中，靠在窗臺上笑得像個傻子。

「我今天一直滿擔心害怕的。」我說。

我知道我在擔心害怕，因為每次一想到，我就心跳加速；但那恐懼現在感覺起來十分遙遠，像是屬於別人的。

「我知道。」媽媽的頭又轉開了一會兒，看著窗外。

「我們出去吧。」她突然說。

我笑得更開懷了些，因為這正是我希望的。

* * *

我打開落地門，在睡袍外面加上一件媽媽的外套，它還掛在一直掛著的地方。然後我光腳穿進一雙長筒雨靴，我們便走進了院子裡。草地被霜凍得硬邦邦的，在黎明的曙光中閃閃發亮。

「你不冷嗎？」媽媽問。

我搖搖頭，雖然我應該滿冷的。

「來吧。」我牽起她的手，穿過窸窸窣窣的草地，向院子另一頭的長凳子走去。我們在椅子上坐下來，長滿癤瘤的樹枝光禿禿的聳立在我們上方。

我們靜靜的坐了好長一段時間。世界完全靜止了，彷彿只有我們兩個人。我不記得曾經有過如此快樂、如此平靜、如此與周圍萬物合而為一的感覺。

但是當我看著媽媽時，卻發現她的臉頰被淚水濡溼了。

「怎麼了？」我又牽起她的手。

「珠兒，我真的很抱歉。」她終於說，而我可以感覺到她內心的哀痛。那就像一道傷口。

「為什麼？」我說，「你在抱歉什麼？」

她搖搖頭，無法說話。我擁抱了她一會兒，感覺到她的肋骨隨著無聲的啜泣而顫動。

「為了所有這一切，」她破音了，「為了你為我而流的每一滴淚水。」

她抬頭看著我，眼眶泛紅。

「我也很抱歉，」我說，「之前生你的氣。我不該這樣的。」

「關於詹姆士，關於我自己，我沒對你說實話。對不起。我從來不想傷害你。」

「我出生之後的那些事，你為什麼不告訴我你有多艱難呢？」

「那你可以原諒她嗎？」當我正要沉入睡眠中時，她說。

「也許吧，」我努力掙扎著說，「我想我願意。」

「我不需要給你一個完美的世界了，」她輕輕的說，「你很堅強，比我要堅強。堅強到足以看清生命的本質：混亂、可怕、難以忍受——」她吻了吻我的唇——「還有美好。」

然後她說：「我愛你。」

我感覺到她起身；她的溫暖不見了。我感覺到她離開了。

「等一下……」我想抓住她的手，但我太緩慢、沉重而且充滿睡意。「我還不想讓你走……」

＊　＊　＊

我再度醒來時，熱烘烘的金黃色陽光正穿過窗戶照射進來；很晚了。太晚了。

我坐起來，整個人被恐慌所籠罩。

她走了。我知道。

她走了。

她走了。

她走了。

我把臉埋藏在手心裡，啜泣又啜泣，不知道要怎麼停止。

我聽見爸爸的腳步聲，然後他的手臂環抱著我，感覺起來好強壯，好安全，就像從我嬰兒時期以來始終如此。

「爸，她走了，」我終於說，「她真的走了。」

「是的。」他說。

然後他也哭了。

我筋疲力盡，整個人掏空了般的虛弱，但我還是無法停止哭泣。淚水就是不斷的往下掉，往下掉。我的臉頰又癢又僵硬，眼睛也腫了。

「我不知道該怎麼辦，」我對爸爸說，「我們該怎麼辦？」

他什麼也沒說，只是抱著我。

然後他吻吻我的頭頂，牽起我的手。

「來吧。」他說。

我跟在他後面。「你看。」他說。我們站在老鼠的小床前面。她正在熟睡，兩手往上伸在頭頂上。

今天是她生日。

我聽見她微張的雙脣間呼吸的氣息聲，吸氣，吐氣；我看著她的胸口起起伏伏，起起伏伏。

「玫瑰。」我輕輕的說。

＊　＊　＊

我下樓走進院子裡。陽光如此明亮，我閉上眼睛都還能看見樹影映在眼簾上。

我聽見搬進桃西家的孩子們在圍牆另一邊玩耍，在蹦床上彈跳、笑鬧。

上方有鳥，還有飛機持續不斷的嗡鳴。

背後是我的家。

腳邊的泥土地中有綠色的嫩芽；淺色的花瓣正準備綻放。

這世界隨時有可能天翻地覆，但目前——

目前這世界仍繼續運轉，我仍繼續吸氣，吐氣，吸氣，吐氣。我吸進了周邊所有的生命，在這個院子裡的，在這個城市裡的，在遠方田野裡的，在更遠處大海裡的，以及

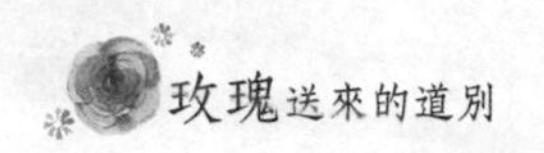

在大海彼岸的；甚至還有那些延伸到無法企及的未知空間中的生命，那裡超越了我們全體，也超越了燃燒中的星星。

這世界隨時有可能天翻地覆。

但目前暫時沒關係了。

謝辭

在此向我的父母、Helen及Brian Furniss獻上最大的謝意。沒有你們的支持——無論是情感上、實質上及編輯上——我可能不會寫這本書。謝謝David，因為你無條件的信任，我完成了一本值得一讀的書，也因為你的付出，我才有機會嘗試。

感謝Julia Green和Steve Voake的親切指導，以及巴斯泉大學的同窗好友：Blondie Camps, Alex Hart, Helen Herdman, Lu Hersey, David Hofmeyr和Sasha Busbridge。你們幫我成就了這本書。

謝謝Linda Newbery, Malorie Blackman和Melvin Burgess。在我快要放棄的時候，你們對我的信心支撐著我繼續前進。

感謝Simon and Schuster的工作團隊以及Riot的熱誠，特別是Ingrid Selbert, Jane Griffiths, Elisa Offord, Kat McKenna, Laura Hough, Maura Brickell及Preena Gadher。

最後，要感謝我的經紀人Catherine Clarke，總是為我打點好所有的事情。

國家圖書館出版品預行編目資料

玫瑰送來的道別 / 克萊兒.佛妮絲（Clare Furniss）
著；陸篠華譯. -- 初版. -- 臺北市：幼獅, 2016.06
面； 公分. --（小說館；16）
譯自：The year of the rat

ISBN 978-986-449-036-3(平裝)

873.57 105000201

・小說館016・

玫瑰送來的道別

作　　者＝克萊兒・佛妮絲（Clare Furniss）
譯　　者＝陸篠華
封面繪圖＝唐壽南
出 版 者＝幼獅文化事業股份有限公司
發 行 人＝李鍾桂
總 經 理＝王華金
總 編 輯＝劉淑華
副總編輯＝林碧琪
主　　編＝林泊瑜
編　　輯＝黃淨閔
美術編輯＝游巧鈴
總 公 司＝10045臺北市重慶南路1段66-1號3樓
電　　話＝(02)2311-2832
傳　　真＝(02)2311-5368
郵政劃撥＝00033368

門市
・松江展示中心：10422臺北市松江路219號
電話：(02)2502-5858轉734 傳真：(02)2503-6601

印　刷＝祥新印刷股份有限公司
定　價＝280元
港　幣＝93元
初　版＝2016.06 二刷＝2017.03
書　號＝987233

幼獅樂讀網
http://www.youth.com.tw
幼獅購物網
http://shopping.youth.com.tw
e-mail:customer@youth.com.tw

行政院新聞局核准登記證局版臺業字第0143號

幼獅文化公司／讀者服務卡／

感謝您購買幼獅公司出版的好書！

為提升服務品質與出版更優質的圖書，敬請撥冗填寫後（免貼郵票）擲寄本公司，或傳真（傳真電話02-23115368），我們將參考您的意見、分享您的觀點，出版更多的好書。並不定期提供您相關書訊、活動、特惠專案等。謝謝！

基本資料

姓名：……………………先生／小姐

婚姻狀況：□已婚 □未婚　職業：□學生 □公教 □上班族 □家管 □其他

出生：民國……………年……………月……………日

電話：（公）……………（宅）……………（手機）……………

e-mail：……………………

聯絡地址：……………………

1.您所購買的書名：**玫瑰送來的道別**

2.您通常以何種方式購書?：□1.書店買書 □2.網路購書 □3.傳真訂購 □4.郵局劃撥
（可複選）□5.幼獅門市 □6.團體訂購 □7.其他

3.您是否曾買過幼獅其他出版品：□是，□1.圖書 □2.幼獅文藝 □3.幼獅少年
□否

4.您從何處得知本書訊息：□1.師長介紹 □2.朋友介紹 □3.幼獅少年雜誌
（可複選）□4.幼獅文藝雜誌 □5.報章雜誌書評介紹……………報
□6.DM傳單、海報 □7.書店 □8.廣播(　　　　)
□9.電子報、edm □10.其他……………

5.您喜歡本書的原因：□1.作者 □2.書名 □3.內容 □4.封面設計 □5.其他

6.您不喜歡本書的原因：□1.作者 □2.書名 □3.內容 □4.封面設計 □5.其他

7.您希望得知的出版訊息：□1.青少年讀物 □2.兒童讀物 □3.親子叢書
□4.教師充電系列 □5.其他

8.您覺得本書的價格：□1.偏高 □2.合理 □3.偏低

9.讀完本書後您覺得：□1.很有收穫 □2.有收穫 □3.收穫不多 □4.沒收穫

10.敬請推薦親友，共同加入我們的閱讀計畫，我們將適時寄送相關書訊，以豐富書香與心靈的空間：

(1)姓名……………e-mail……………電話……………

(2)姓名……………e-mail……………電話……………

(3)姓名……………e-mail……………電話……………

11.您對本書或本公司的建議：

廣　告　回　信
臺北郵局登記證
臺北廣字第942號

請直接投郵　免貼郵票

10045　臺北市重慶南路一段66-1號3樓

幼獅文化事業股份有限公司

請沿虛線對折寄回

客服專線：02-23112832分機208　傳真：02-23115368

e-mail：customer@youth.com.tw

幼獅樂讀網http：//www.youth.com.tw

幼獅購物網http://shopping.youth.com.tw